Im Rahmen des Nachwuchsseminars für Übersetzer/innen
aus dem Schwedischen übertragen von:

Dagmar Brunow · Christian Dannehl · Thomas Fenske
Kai Fürntratt · Simone John · Uwe Kleuker
Beate Linnenberg · Anna Mathieu · Marion Neubert
Christine Stefanie Paul · Melanie Schirdewahn · Volker Stephan

mit organisatorischer und finanzieller Unterstützung
der Bertelsmann Stiftung
Schlussredaktion: Birgitta Kicherer und Angelika Kutsch
im Europäischen Übersetzer-Kollegium, Straelen

Sören Olsson und Anders Jacobsson, Kusins, Jahrgang 1964 und 1963, haben eine Lehrerausbildung absolviert, bevor sie 1982 anfingen, sich auf andere Art und Weise mit Kindern und Kinderkultur zu befassen. Ihre Geschichten über den tagebuchsüchtigen Bert führen inzwischen die schwedischen Bestsellerlisten an. Bekannt geworden sind die schreibenden Kusins aber auch durch eine Rundfunk- und Fernsehserie über den Alltag des Mädchenfans Svante (in Buchform ebenfalls bei Oetinger) und als Popmusiker durch ihren Hit »Hej, hej, hemskt mycket hej«, für den sie eine Goldene Schallplatte bekamen.

Sören Olsson · Anders Jacobsson

Berts jungfräuliche Katastrophen

Zeichnungen von Sonja Härdin

Verlag Friedrich Oetinger · Hamburg

Berts Katastrophen-Bücher auf einen Blick:

Berts gesammelte Katastrophen
Berts intime Katastrophen
Berts romantische Katastrophen
Berts Herzenskatastrophen
Berts hemmungslose Katastrophen
Berts heimliche Katastrophen
Berts Megakatstrophen
Berts jungfräuliche Katastrophen

Nach den Regeln der neuen Rechtschreibung gesetzt

Die schwedische Originalausgabe erschien
bei Rabén & Sjögren Bokförlag, Stockholm,
unter dem Titel »Berts bryderier«

Gesamtherstellung: Clausen & Bosse, Leck
Printed in Germany 1997

ISBN 3-7891-4409-6

25/12

Hallo und weiterhin frohe Weihnachten!

Mein Name ist Ljung, Bert Ljung. Fertig. Nur ein Vorname, der klingt wie ein Furz, und ein Nachname, der aus dem Russischen kommt – Livanov. Also kannst du mich Furz Livanov nennen, wenn du ein fieses Tagebuch sein willst.
Na ja, was heißt hier Tagebuch? Ich kann dich ein Rechenheft mit umweltfeindlichem Papier nennen, wenn ich fies sein will. Das will ich nicht. Ich bin ein reifer junger Mann, der in seinem reifen Zimmer sitzt und reife Aufzeichnungen über sein reifes Leben in sein neues unreifes Tagebuch schreibt, das ich gestern von meinen Alten bekommen habe. Normal ist das nicht, dass ich was von denen bekomme. Sie sind viel zu geizig. Aber gestern mussten sie mir wohl oder übel was schenken, weil Heiligabend war. Heute ist der erste Weihnachtsfeiertag und alle Leute hocken zu Hause und wollen, dass wieder Alltag wird. Das will ich auch. Ich wünschte, es wäre bald Alltag. Dann werde ich meine Ex Nadja Nilsson anrufen. Sie hat gestern angerufen und gesagt, dass sie mich treffen will. Ich will sie auch treffen. Am liebsten ohne Kleider unter meiner Decke

und die Wohnung unbemannt von Eltern. Leider kann ich so ein Treffen nicht vorschlagen. Ich werde ein Treffen bei einem Eishockeyspiel Öreskoga gegen Bollehult vorschlagen. Öreskoga ist Tabellenletzter und kriegt mit hundertprozentiger Sicherheit vom Tabellendritten Bollehult einen auf den Sack. Deshalb ist das ein uninteressantes Spiel und deshalb habe ich besonders viel Zeit mit Nadja zu reden und in ihre blauen ... grünen ... roten ... äh ... schwarzen Augen zu sehen.

Ich habe vergessen, welche Augenfarbe sie hat. Ich werde es herausfinden und in dieses neu eröffnete Tagebuch schreiben. Hier werde ich mich über die wichtigen Dinge des Lebens äußern. Heute Morgen habe ich ein paar meiner alten Tagebücher durchforstet und viele fantasievolle Erzählungen gefunden. O Mann, wenn ich all die Storys wirklich erlebt hätte! Das wäre echt scharf gewesen. Manches ist mehr gelogen als anderes. Ich spiele mit dem Gedanken, gewisse Seiten aus den Tagebüchern auszuradieren, aber ich weiß, dass man das nicht machen soll. Das hat unsere Schwedischlehrerin uns beigebracht. Sie hat gesagt, dass es wichtig ist, alle alten Erzählungen und Geschichten und Tagebücher und so was aufzubewahren. Wenn wir erwachsen sind, werden wir über unsere alten Erinnerungen lachen und viel Spaß dabei haben. Das verstehe ich. Ich bin ja jetzt erwachsen. Ich verstehe nämlich ziemlich viel von den meisten Dingen. Ich weiß nicht, was ich im Leben sonst noch lernen könnte. Ich habe ausgelernt. Abitur? Ha ha ha!! Das braucht so ein cleveres Kerlchen wie ich ja wohl nicht. Ich kenne die blutenden Wunden in der Politik der ganzen Welt. Ich habe die Antworten! Warum fragt mich keiner? Ich kann sicher die meisten blutrünstigen Konflikte in der Welt lösen. Aber mich fragt ja keiner. Ich muss wohl meine cleveren Lösungen für alle Probleme des Lebens für mich behalten. Selber schuld, ihr Politiker!

Bald fängt ein neues Jahr an. Hipp hipp hurra! Jubelt da einer? Ich jedenfalls nicht. Wenn ich nur an all die einsamen Menschen denke, die vor den Schaufenstern stehen und weinen. Sie haben niemanden, mit dem sie Weihnachten oder Silvester feiern können. Kein Wunder, dass sie sich das Leben nehmen. Sie haben ja nichts, wofür sie leben könnten. So was würde ich ändern, wenn ich nur bestimmen dürfte. Ich würde dafür sorgen, dass alle zusammen Weihnachten in einem riesengroßen Fußballstadion feiern. Niemand wird ausgeschlossen. Alle dürften kommen und die Würstchen gibt's umsonst. Aber der Glühwein kostet was, weil da Alkohol drin ist. Kinder sollen keinen Alkohol trinken. Das kann ihrem Gehirn schaden, aber das merkt man erst, wenn sie sich selber Kinder anschaffen. Die kriegen dann vier Arme und neun Beine. Das ist nicht witzig. Weiß ich.

Gestern hat Papa alleine eine ganze Flasche Glühwein leer getrunken. Er wollte sich wohl besaufen und alle Mühsal des Lebens vergessen. Das hat nicht so gut geklappt. Alle Mühsal saß noch auf dem Sofa, als die Flasche leer war.

Alle Mühsal heißen Bert, Mama Madeleine und Oma Svea. Wir saßen da und sangen *Hurra hurra die Bude brennt*. Die Bude brannte nicht.

Mein bester Freund heißt Arne Nordin. Als er klein war, sammelte er Würmer. Jetzt sammelt er Kondome. Da gibt's keinen Unterschied, sagt Arne. Beides wie Gummi. Allein die Vorstellung, sich beim Geschlechtsverkehr einen Wurm über den Pimmel zu ziehen. Da würde sich das Mädchen aber ekeln. Oder man würde ein Kondom auf einen Angelhaken stecken. Was für ein Fisch würde dann wohl anbeißen? Eine fickfreudige Flunder oder ein notgeiler Hecht? Ich denke oft an Sex. Ich hatte noch nie Sex – noch nicht. Aber ich werde welchen haben, bald, hoffe ich ... inbrünstig. Es vergehen keine zwei Stunden, ohne dass ich an Sex denke. Es wäre gut, wenn ich endlich mal richtigen Sex haben würde. Dann wäre ich alle Sexgedanken und das ewige Jucken im Wilden Bill los. Dann könnte ich mich auf die Schule konzentrieren und die Abschlusszeugnisse und das, was sonst noch wichtig ist. Mein Klassenlehrer heißt Anders Olsson und er sagt, dass ich Schwierigkeiten habe mich zu konzentrieren. Das ... habe ... ich doch ... nicht ... äh ...?
Ich frage mich, ob Nadja in sexuellen Situationen an mich denkt. Ich denke oft an sie. Nadja ist schon mit einem Jungen zusammen. Aber der denkt die ganze Zeit nur an das Eine. Er will immer nur mit Nadja schlafen, immer, immer.

Arme Nadja. Sie bräuchte einen wie mich. Ich würde nicht nur die ganze Zeit bei ihr liegen und mit ihr schlafen wollen. Wir könnten nämlich auch stehen und Sex haben. Ha ha ha. Das war ein Witz. Ein guter Witz.

Morgen fängt der Schlussverkauf an. Dann gehe ich mit Arne und dem kleinen Erik in die Stadt, billige Geschenke für uns selber kaufen und peinliche Klamotten umtauschen, die wir von unseren Großeltern bekommen haben. Sie wollen, dass wir in Knickerbockern und gestrickten Westen mit rotweißblauen Mustern rumlaufen. So wie die Jugendlichen zu ihrer Zeit. Also kurz vor dem Zeitalter der Dinosaurier.
Jetzt mache ich eine Pause und denke darüber nach, wie man den Hunger auf der Welt besiegen kann.

Gedicht des Tages:

Zu der Welten letzter Schlacht
lenken wir das schwache Boot.
Das Kind, das weint,
wir sehn es nicht
in unsrem wohl geschützten Haus.
Du und ich und der nahe Tod
entzünden noch ein stilles Licht,
doch mit dem Kinde ist's bald aus.

So viele sind auf einsamen Reisen,
sie haben nichts – sind alles Waisen.
Arme Menschheit, die so leiden muss,
doch damit mach ich schon bald Schluss.

27/12

Hallöchen!

Ich bin's wieder, Bert-Furz-Ljung-Livanov. Ich war heute auf Abenteuertour. Wir waren drei reife junge Männer, die die Sau rausließen. Wir furzten laut und schrien wildfremde Leute an. Das sind so typische Sachen, die wir reifen Jugendlichen machen.
Ich fand einen guten Laden. Da gab es Mädels. Mädels, die Unterwäsche an Mädels verkauften. Ich stellte mir vor, wie es wohl wäre, von einem nackten Mädel, das auf einen reifen Mann scharf ist, in eine Umkleidekabine gezerrt zu werden. Plötzlich wurde ich von einem harten Faustschlag in den Magen geweckt. Ich war stinksauer, aber das war nach drei Zehntelsekunden vorbei, als ich sah, wem die Faust gehörte. Nadja Nilsson, meiner Ex-Freundin.
»Hi, Bert«, sagte sie cool. »Stehst du hier rum und sabberst, nur weil ein paar Mädchen Unterwäsche anprobieren?«, sagte sie entlarvend.
Ich lachte zweieinhalb Minuten lang um zu zeigen, dass ihre absurde Behauptung völlig daneben war. »Ich habe darüber nachgedacht, wie viele Hamburger man wohl

essen muss, bis man richtig satt ist«, log ich.
»Ach so«, sagte Nadja und grinste. »Eigentlich schade. Sonst hättest du ja mit mir in die Umkleidekabine kommen können und zugucken, wie ich sexy Höschen anprobiere.«
Mein Körper verbrannte. Ich verkohlte in weniger als sechs Hundertstelsekunden. Meine inneren Organe lechzten nach Kühlung. Ich wollte so gerne mit Nadja in die Umkleidekabine und ihre schöne Nacktheit betrachten, aber das durfte ich nicht. Ich musste draußen bleiben und verfluchte den Tag, an dem ich geboren wurde und meine Laufbahn als älteste Jungfrau der Welt begann. Ich werde unberührt sterben. Niemals werde ich das erleben dürfen, was in allen Büchern beschrieben wird. Dieses Gefühl, das die Zehnägel ergreift und sich durch den ganzen Körper windet, hinauf zu den Eiern, vorwärts durch den Pillermann und dann als warmer Fluss durch den Pimmel strömt und hinein in eine Frau, die vor Lust wimmert. Das wird nie geschehen. So ist das. Und tschüs – ich werde bald sterben.
Auch gut. Niemand wird mich vermissen. Nicht mal die Fliegen. Die finden schnell jemand anderen, den die nachts mit ihrem ewigen Summmmmmm wecken können.
Seufz.
Ich fragte Arne, ob wir nicht bald nach Hause gehen könnten. Das wollten Arne und Erik nicht. Sie wollten erst ihre Weihnachtsgeschenke umtauschen.
Ich ging unfreiwillig mit.

Als Erster wollte Erik einen funkelnagelneuen Pisspott umtauschen, den er von seiner Oma gekriegt hatte. Sie ist senil und glaubt, dass Erik immer noch nicht stubenrein ist. Sie will, dass Erik seine kleine Pinkelblase beherrschen lernt. Erik wollte den Pisspott in ein Motorrad umtauschen. Das ging nicht. Er bekam fünf Plastikflaschen mit fröhlichem Pu-der-Bär-Motiv.
»Kann man gut gebrauchen, wenn man mal ein Picknick macht«, behauptete Erik.
Arne und ich lachten ein paar Sekunden lang. Dann fiel mir ein, dass Nadja vermutlich in einer Umkleidekabine ihre sexy Höschen einem anderen Jungen zeigte. Da musste ich heulen. Aber es klang immer noch so, als ob ich lachte. Arne und Erik merkten den Unterschied nicht.
Dann wollte Arne drei gestrickte Pullover umtauschen. Sie waren sehr schön, aber Arne fand das nicht. Er verlangte das Geld zurück und kaufte Mäusespeck dafür. Es reichte für vier Kilo. Arne war nach einem halben Kilo satt und sein Gesicht sah aus wie eine speckige Maus. Arne wollte wieder zurücktauschen, aber darauf ließ sich das Geschäft nicht ein. Da warf Arne ein paar Stücke von dem klebrigen Mäusespeck auf eine wunderschöne Jacke.
Arne ist nicht immer nett.

Nachdem Arne und Erik ihre unnötigen Weihnachtsgeschenke gegen andere unnötige Sachen getauscht hatten, war ich dran, mein unnötiges Geschenk umzutauschen. Es war ein Buch mit christlichen Weihnachtsliedern. Das

hatte ich von Oma bekommen. Ich wollte das Buch gerade in eine Heavy-Metal-CD tauschen, als Oma ins Geschäft kam.
»Hallo Bert«, sagte sie fröhlich.
Schneller, als Oma blinzeln konnte, tauschte ich wieder zurück und Oma merkte nichts. Aber sie sah, dass ich das Buch dabeihatte.
»Oh, wie nett«, sagte Oma. »Du hast ja das Buch dabei. Oder wolltest du es gerade umtauschen?«, fragte Oma und ihre Augen wurden feucht.
»Nein, nein«, sagte ich und lachte. »Ich werde dieses schöne Buch doch nicht umtauschen. Ich hab es mit in die Stadt genommen, weil ... weil ... wir auf der Straße Weihnachtslieder singen wollten«, log ich.
Arne und Erik guckten mich erschrocken an. Ich warf ihnen einen wütenden Blick zu und dann sangen wir im Geschäft drei Lieder, um Oma und alle Gläubigen froh und zufrieden zu machen.

Unser Repertoire:

1. O Tannenbaum
2. Ihr Kinderlein kommet
3. Ave Maria

Das war Musik in ihren Ohren. Oma vergoss ein paar Tränen und umarmte uns alle drei. Nach der Gesangsstunde und den Umarmungen ging Oma wieder nach Hause.
Da wollte ich die Gelegenheit nutzen und das Buch schnell

gegen die Heavy-Metal-CD tauschen. Aber der Musikheini sagte, das ginge jetzt nicht mehr, weil wir das Buch schon benutzt hatten.
Ich wurde stinksauer und ich drohte damit, bis Ostern jeden Tag in sein Geschäft zu kommen und Weihnachtslieder zu singen. Da durfte ich das Buch mit sofortiger Wirkung gegen die CD tauschen. Wir bedankten uns und gingen. Manchmal lohnt es sich, keine Gesangsstimme zu haben.
Jetzt muss ich aufhören über die Tauschgeschäfte in der Stadt zu schreiben. Ich erzähle ein andermal weiter. Ich muss mich darauf vorbereiten, Nadja anzurufen und mit ihr zu reden. Ich werde ihr ganz ehrlich sagen, was ich will.
»Hallo Nadja«, werde ich sagen. »Ich finde dich schön. Du hast einen schönen Körper und ich würde gerne mit dir schlafen. Sag mir, wann du kannst. Ich kann jederzeit, außer am Mittwoch, weil ich da mit meiner Tante und ihrem Mann Fisch esse und Nüsse knacke.«
Das werde ich sagen. Völlig klar. Keine umständlichen Umschreibungen.

Gedicht des Tages:

In meinem Kopf regiert der Schwund.
Es ist, als träte man 'nen Hund.
Ich armer Tropf – ich feige Ratte,
niemals zeigte ich dir meine Latte.

Nackte Nadja – splitternackt,
ich begehr dich, das ist Fakt.
Ganz in echt.
Boah, is' mir schlecht!

29/12

Halli hallo du, Tagebuch du

Heute ist Donnerstag. Morgen ist Freitag. Aber gestern war gerade mal Mittwoch. Ich war bei Oma und sang Liedchen.
Ich sang entzückend.
Oma hatte es eilig, sagte sie. Ich musste rausgehen und im Treppenhaus warten. Wir wollten zu Omas Kindern, aber nicht zu Mama, sondern zu Tante Lena. Die kann toll tanzen. Sie kann Buggi und Hubba Bubba. Ha ha ha, jetzt war ich witzig.
Tante Lena ist mit einem Typen verheiratet, der mit Computern zu tun hat. Lars-Olov heißt er. Er sitzt vor seinem Bildschirm und programmiert, bis er Kopfschmerzen kriegt. Dann legt er sich hin und schläft 24 Stunden. Tante Lena und Lars-Olov haben keine Kinder. Ist ja logisch.
Oma und ich leisteten Tante Lena Gesellschaft. Mama und Papa wollten etwas später nachkommen. Sie müssten noch was mit einer Versicherung regeln, sagten sie. Das ist ein anderes Wort für Sexspielchen. Die trauen sich nicht im Bett rumzuturnen, wenn ich zu Hause bin. Deshalb schicken sie mich wegen irgendeinem Blödsinn zu Oma. Das

nützen sie aus, die Lüstlinge. Ich kann mir echt nicht vorstellen, wie das aussieht, wenn meine Alten es treiben. Ich würde mich kaputtlachen, wenn ich sie sehen könnte.
Bei Tante Lena war trübe Stimmung. Keiner war happy. Da hab ich versucht die Stimmung ein bisschen anzuheizen.
»Tjaja, hier werden keine Kinder gemacht.« Ich lachte. »Aber bei mir zu Hause passiert das grad. Meine Eltern versuchen ein letztes Mal mir ein Geschwisterchen zu machen. Das wär schon was. Ein kleiner, rosaner, brüllender Hosenscheißer.«
Keiner lachte. Oma packte mich hart am Arm und schleppte mich wieder raus ins Treppenhaus. Sie zischte durch die Zähne, dass ich über so was keine Witze machen soll. Tante Lena und Lars-Olov versuchen seit sieben Jahren ein Kind zu bekommen.
Ich verschluckte 70 Prozent meiner Zunge. Warum will ich immer zum falschen Zeitpunkt witzig sein! Dabei kommt nur Scheiß raus. Tante Lena und Lars-Olov sind ungewollt kinderlos. Das ist bestimmt nicht lustig. Früher hatte ich die Theorie, dass es darauf ankommt, wie schnell der Mann beim Sex auf der Frau rumwippt. Jetzt weiß ich es besser. Jetzt weiß ich, dass man vorher massenhaft Eier essen muss. Dann kann man schnell auf der Frau wippen. Oma erzählte, dass Lena und Lars-Olov versuchen ein Kind zu adoptieren. Das wäre cool. Ich schrei Kakao, wenn die einen kleinen schwarzen Jungen bekommen. Oder ein Mädchen. Dann geh ich mit ihm in die Stadt und

sage, dass er mein Kusin ist. Da wird Arne aber Augen machen.
Bei Tante Lena gab's gekochten Fisch mit Kartoffeln und weißer Soße. Zum Glück hatte sie auch Knäckebrot hingestellt. Ich habe 14 Scheiben gegessen, einen Streifen Fisch und eine mikroskopisch kleine Kartoffel mit unsichtbarer weißer Soße.
Nach einer Weile holte Lars-Olov so ein Computerteil, mit dem mehrere Leute gleichzeitig telefonieren können.
»Gigantisch«, sagte ich. »Wie kann man überhaupt ohne so ein Ding klarkommen?«
Tante Lena erzählte, dass Sandra Nådensjö heute 20 wird und wir jetzt anrufen wollten, um ihr zu gratulieren.
Sandra Nådensjö ist meine Kusine. Sie wohnt auf Gotland und sieht echt scharf aus. Zum Glück darf man seine Kusinen heiraten.
Nach vier missglückten Versuchen, bei denen wir jedes Mal bei Abduls Pizzeria gelandet waren, erreichten wir endlich Nådensjös. Sandra war dran und wir sangen: »Hoch soll sie leben!« Ich sang am lautesten und schüttelte meine Haare wie ein Heavy-Metal-Freak. Aber das war durchs Telefon nicht zu sehen.
»Danke, danke, danke«, kicherte Sandra in den Hörer. »Wer ist denn da?«
Alle sagten ihren Namen und Sandra tat so, als ob sie nicht wüsste, wer wir sind. Da fluchte Oma zum ersten Mal seit Urzeiten. Sie sagte: »Herrgott! Verdammt noch mal. Wir sind doch deine eigenen Verwandten!!!«

Sandra schluckte und sagte, dass sie nur Spaß gemacht hätte. Dann gratulierten wir jedenfalls und legten auf. Tante Lena sagte, dass es wohl langsam Zeit wird für ein Familienfest. Ich fand, das klang gut. Die beste Gelegenheit, um mit Sandra über die Hochzeit zu reden.
Eine Stunde und 17 Stücke Kuchen später kamen endlich meine Alten. Sie waren puterrot im Gesicht. Ich fragte, ob es geklappt hat mit der »Versicherung«, und lachte. Dann fragte ich, ob sie einen Vertreter dabeigehabt haben. Also ein flotter Dreier. Keiner lachte. Da hörte ich auf zu blödeln und aß noch ein Stück Kuchen.

Gedicht des Tages:

Kinderlosigkeit, Hoffnungslosigkeit.
Keiner konnte je vermuten,
dass die hoffnungslose Kinderlosigkeit
könnte treffen solch 'nen Guten.
Tante, liebe Tante du,
ich denk an dich grad nu.

PS. Wenn man sich nackt hinstellt und zwischen die Beine guckt, baumelt der Pimmel fast in den Haaren.

1. Januar

Hi!

Jetzt hat ein neues Jahr angefangen. Bert Ljung, bald 16, wurde wieder geboren. Ich bin nicht mehr der alte Bert. Meine alten Pickel sind durch neue ersetzt. Reifere und schönere. Meine alte Kartoffelnase ist durch eine neue ersetzt. Eine reifere und schönere. Meine strähnigen Haare sind durch neue ersetzt. Reifere und schönere. Meine grauen Zellen sind durch neue ersetzt. Reifere und vermutlich schönere. Es ist schwer, die Schönheit von Gehirnen zu beurteilen. Man geht vielleicht nach der Anzahl der Gehirnzellen oder ob das Gehirn weich wie Rotze oder hart wie ein gedopter Muskel ist.

Ich habe gerade meine alten Tagebücher noch mal gelesen. Alle gefälscht. Eigentlich stimmt nichts. Nach meinen alten Überlieferungen bin ich im Prinzip nur an bekleideten Mädchen, halb nackten Mädchen oder ganz nackten Mädchen interessiert. Jemand hat die Bücher gefälscht! Sollte ich, ein reifer Mann, nur so oberfächliche Interessen wie Mädchen und Sex haben? Dass ich nicht lache. Ich möchte wissen, wer in meinen Aufzeichnungen rumgepfuscht hat.

Wahrscheinlich mein Alter. Er ist jetzt vierzig und verrückt nach kleinen Mädchen. Warum wollte er sonst während der ganzen Mittelstufe freiwillig Elternsprecher werden? Das beweist doch sein perverses Interesse an meinen 15-jährigen weiblichen Klassenkameraden. Zum Glück ist mein Alter bei allen Elternabenden abgeblitzt.
Ich werde ihn mir vorknöpfen und ihm sagen, dass ihn meine privaten Tagebücher einen feuchten Dreck angehen. Sie so zu verändern, dass ich vor der Nachwelt wie ein sexbesessener und pornosüchtiger Teenager dastehe. Alles Lüge.
Da fällt mir gerade Nadja Nilsson ein, meine Ex. Ich frage mich, was sie wohl gerade macht. Vermutlich muss sie bei den perversen Sexspielen von ihrem Freund mitmachen. Sie wird bestimmt gefoltert und denkt dabei an mich. »Bert! Komm und rette mich. Ich brauche dich.« Ich seh Nadja vor mir. Ich seh Nadja vor mir. Ich muss mich zwingen, eine Weile an alternative Energiequellen zu denken, um die nackte Nadja zu vergessen. Ich glaube, dass Kaninchenköttel der beste Brennstoff der Zukunft werden. Die Kaninchen dürfen sich maximal vermehren um dann zu kötteln. Ich wüsste zu gern, wie oft Nadja sich vermehrt hat. Hoppla! Da habe ich mich schon wieder dabei erwischt...

Gestern habe ich bewiesen, dass ich ein reifer Mann bin. Auf der Silvesterparty bei Palm. Christoffer Palm aus meiner Klasse. Seine Alten waren Donnerstag auf die Kanari-

schen Inseln geflogen. Ich glaube, nach dem gestrigen Gelage weigern die sich wieder nach Hause zu kommen. Palm wohnt in einem dieser Bonzenschuppen unten am Fluss. Sein Alter ist leitender Direktor der Bonellwerke. Die wohnen in einer Nobelhütte mit allen Schikanen. Zum Beispiel Mikrowelle, Satellitenschüssel, Herdplatte mit Touch-Control, Whirlpool, drei Scheißhäuser, Fernsteuerung für die Klospülung, Haustelefon, zwei Autos in der Garage, vier Fernseher, ein Kühlschrank aus reinem Gold, fünf Sklaven und eine in die Wand eingelassene Stereoanlage.
Ich, Arne und Erik taten uns zusammen. Arne wollte den Bonzenschuppen abfackeln. Ich sagte, dass er wenigstens bis nach dem Fest warten solle. Sonst hauen womöglich die Bräute ab und man hat keine Chance Möpse anzugrabschen. Erik wurde blass, als ich vom Möpseangrabschen sprach.
Fast die ganze Klasse war da. Plus hundert andere. Wir waren in zwei Lager geteilt, besoffene und nüchterne. Ich überlegte, ob man zwischendurch das Lager wechseln kann. Björna tauchte auf. Er ist wieder so gut wie okay nach seinem Krebs. Er wollte zeigen, wie man eine Braut abschleppt. Er ging zu dieser Dumpfbacke Mika Hamrén aus der 9 c. Die hochnäsigste Kuh der ganzen Schule. Die hat mal gesagt, ich sei hässlich. Die spinnt ja. Und blind ist sie auch noch.
Björna ging zu ihr und grinste sie verführerisch an. Sie musterte ihn von oben bis unten und sagte, dass er hässlich ist. Dann nahm sie einen Schluck aus ihrer Bierdose.

Björna sah zu uns rüber und zuckte mit den Schultern. Ich zeigte ihm den Siegerdaumen, damit er es locker nimmt. Wir Hässlichen müssen zusammenhalten.
Arne war verschwunden. Ich hoffte, dass er kein Benzin gefunden hatte. Ich fragte Erik, ob wir Schwule spielen und eng umschlungen tanzen wollten. Das machten wir. Alle glotzten. Ich und Erik kippten ab vor Lachen. Wir hörten auf zu lachen, als mir einer auf die Schulter klopfte. Es war ein Kerl, der wissen wollte, ob ich für den nächsten Klammerblues frei wäre. Ich suchte schnell Patricia Tivenius und bat sie, so zu tun, als ob sie mein Mädchen wäre. Das tat sie. Sie rief dem tanzhungrigen Kerl zu, dass sie und ich uns um Mitternacht verloben und dann im Heizkeller vögeln würden. Der Kerl verzog sich. Ich bedankte mich bei Patricia, indem ich ihr eine leere Flasche vorne in den Pulli steckte. Patricia bestand darauf, dass ich mich entschuldigte. Sie stellte sich auf meine Zehen und kniff mich in die Seite, bis ich um Gnade flehte.
Patricia Tivenius ist das absolut lustigste Mädchen der Klasse. Sie kam in der Siebten zu uns, als unsere Klasse mit der Sechsten von der Österbergschule zusammengelegt wurde.

Um 22.41 Uhr nahte die Katastrophe. Das Telefon klingelte. Christoffer fragte cool, welcher Idiot es wagte, ihn mitten beim Knutschen zu stören. Es war sein Alter. Wir konnten bis nach unten hören, wie der Direktor der Bonellwerke aus Las Palmas brüllte, er werde jeden einzelnen die-

ser Rotzbengel windelweich prügeln, sobald er wieder zu Hause sei. Er gab Christoffer zehn Minuten die ganze Bagage rauszuschmeißen.
»Friss doch Scheiße!«, schrie plötzlich Jörgen Karlsson aus der 9b und riss Christoffer, der kurz vorm Heulen war, das Telefon aus der Hand. Christoffer zog den Stecker raus. Dann fing er eine Prügelei mit Jörgen Karlsson an. Ich habe noch nie gesehen, dass Christoffer sich prügelt. Oder mich selbst mit ihm geprügelt. Es würde mir nicht mal im Traum einfallen. Er nahm Jörgen in ein paar Sekunden auseinander. Alle jubelten. Außer Jörgen Karlsson an. Als er rausgeschmissen wurde, schrie er, dass er seine Kumpels von der Mafia holen werde, die würden alle umbringen. Keiner hatte Angst. Doch, einer. Der kleine Erik. Er flüsterte mir ins Ohr, ob ich ihn vor der Mafia beschützen könnte.
»Na klar«, sagte ich. »Ich bin saustark. Guck dir mal meine Muskeln an.«
Ich zeigte dem Feigling meinen Bizeps. Erik bekam noch mehr Angst und sagte, er brauche meine Hilfe nicht. Ich sollte lieber mehr Vitamine essen, sagte er. Ich hasse ihn.

Da fällt mir noch was ein. In ein paar Minuten habe ich eine wichtige Verabredung. Ich werde einen Kerl treffen, der Wilder Bill heißt. Er wohnt in meiner Hose. Manchmal ist er ein Schlappschwanz. Aber meistens ist er beinhart. Das ist stressig, vor allem wenn man will, dass er ein Schlappschwanz ist. Dann muss man sich für ein Weilchen mit ihm zurückziehen.

Gedicht des Tages:

I am no alcoholic,
I will drink milk and juice instead.
It's so sad and bad that friends are drunk.
They have no more fun if they drink whisky.
They fall down in the snow or say eat shit to the fathers on the telephone.
I hope they shall stop drink the bottle and be my friends again.
I hope, I hope. No more. No more. Alcohol is so wrong.

Immer noch der 1. Januar

Hi, Tagebuch!

Ich hocke jetzt schon seit einer halben Stunde auf dem Lokus. Ich hatte nämlich eine wichtige Verabredung mit meinem Wilden Bill. Dann musste ich plötzlich wirklich. Dazu brauchte ich was zum Lesen. Weil keiner zu Hause war, lief ich ohne Unterhose zum Zeitungsständer im Flur. Auf dem Klo hab ich gemerkt, dass ich mir eine Frauenzeitschrift von meiner Mutter herausgefischt hatte. Ich habe eine Zeit lang überlegt, ob ich sie als Klopapier benutzen sollte. Aber dafür war das Papier dann doch zu hart. Also rannte ich wieder zum Zeitungsständer. Da merkte ich, dass der Wilde Bill meinen Laufschritt im Freien zu schätzen wusste. Der Wilde Bill erwachte und begab sich in Habachtstellung. Mit meinem nackten Ständer rannte ich in den Flur. Zu den Zeitschriften. Und direkt meiner Alten und ihrer Freundin Laila in die Arme. Sie kamen gerade zur Tür rein. Sie starrten mich an. Und ich starrte sie an. Laila guckte auf den Wilden Bill. Das tat ich auch.
»Zieh dir was über, Berti«, murmelte meine Mutter schockiert. »Dir muss doch kalt sein.«

Ich versteckte meinen Schwanz hinter der Zeitung von gestern und ging dann rückwärts zum Klo. Meine alte Lady und Laila glotzten immer noch geschockt.
»Äh ... hier steht was Interessantes drin«, versuchte ich mich rauszureden und meinte die Zeitung.
»Das habe ich gesehen«, sagte Laila.
Da konnte meine Mutter sich nicht länger halten. Sie grölte vor Lachen. Laila auch. Ich verzog mich wieder aufs Klo, machte die Tür zu und schloss hinter mir ab. Mein Gesicht sah aus wie ein einziges rotes Blutkörperchen. Elende Weibsbilder.
Wüsste gern, ob sich die Telefonseelsorge um so einen Fall wie meinen kümmert. Jetzt bleibe ich eben hier sitzen, bis Laila nach Hause geht. Mir ist es Wurscht, ob eine von denen aufs Klo muss. Sollen die doch in den Müllschlucker pinkeln. Oder ins Aquarium.
Ich hasse es, einen Ständer zu kriegen. Ich hasse meinen widerlichen Wilden Bill. Was ist bloß aus mir geworden: ein Sexmonster! Ob meine Mutter jetzt einen Jugendpsychologen oder so was anruft? Weil sie einen perversen Sohn hat, der allen Leuten seinen Ständer zeigt. Ich bin ja total abartig.

Jetzt geht's weiter mit dem Bericht von der gestrigen Silvesterparty. Nach Palms Schlägerei mit Jörgen Karlsson ging es auf der Fete noch härter ab. Der Zweikampf hatte alle inspiriert. Björna wollte sich mit mir anlegen.
»Äh«, sagte ich. »Leg dich doch mit Mika an.«

Da wurde Björna sauer. Was konnte er schließlich dafür, dass Mika so unterbelichtet war und nicht kapierte, wie gut er aussah. Zu 50 Prozent musste ich ihm Recht geben. Dass Mika unterbelichtet ist. Aber nicht, dass Björna gut aussieht. Ich seh viel besser aus. Wenn ich nämlich meine Brille abnehme, mein Gesicht mit Sandpapier abschleife und mich in einem dunklen Badezimmer vor den Spiegel stelle und mit den Augen blinzle. Dann seh ich tierisch gut aus. Ich stand an der Tanzfläche. Leider gab's Klammerblues. Louise knutschte mit Benny, Rut knutschte mit Johnny Andersson. Jaana drückte ihre Muschi an Pontus Åkermarks glücklichen Schwanz. Alle hatten jemanden zum Knutschen. Alle, nur ich nicht. Ich musste da rumstehen und zugucken, wie alle anderen ihren Spaß hatten. Ganz allein. Ich, und natürlich der hässliche Björna. Er stand neben mir und sah genauso traurig aus. Neben ihm stand Erik und sah betrübt aus. Und neben dem stand Patricia mit traurigen Augen. Neben ihr standen Tina und Sanna, einsam und verlassen. Drei Jungen und drei Mädchen, die alle einsam waren. Auf die keine zärtliche Umarmung wartete. Die von weichen Küssen nur träumen konnten. Drei Männer, die sich nach einer Frau sehnten. Drei Frauen, die sich nach einem Mann sehnten. Die Welt ist ungerecht. Warum gehen manche Leute leer aus und müssen allein bleiben?

Warum kann es nicht gleich viele Paare geben? Warum? Warum?

Ich konnte nicht in Ruhe meinen düsteren Gedanken nach-

hängen. Jemand strich mir über den Nacken. Ich drehte mich um. Da stand ein Mädchen, das ich nicht kannte.
»Hallo«, sagte sie.
»Äh... hallo«, sagte ich.
Das Mädchen lächelte mich an. Ich lächelte zurück. Ich hatte sie noch nie gesehen. Tatsache ist, dass sie nicht zu den Mädchen gehört, die einem auf einer Fete sofort ins Auge fallen. Sie sah ganz normal aus.
»Wollen wir?«, fragte sie.
Ich brachte kein Wort raus. Ich war aufgefordert worden. Von einem unbekannten Mädchen. Ich schielte zu Björna rüber um zu sehen, wie er reagierte. Aber er war nicht mehr da.
»Sollen wir oder sollen wir nicht?«, fragte das Mädchen.
»Doch ...«, sagte ich und machte mich für einen glorreichen Auftritt auf der Tanzfläche bereit.
Aber dahin wollten wir offenbar nicht. Das Mädchen nahm mich an die Hand und zog mich hinunter in den Keller. Ich kapierte gar nichts.
»Äh ... wie jetzt? Ist da unten auch Disco?«, fragte ich.
Sie gab keine Antwort. Unten im Keller stieß sie mich in einen dunklen Raum. Dann fing sie an mich zu betatschen und mich mit gieriger Zunge und feuchten Lippen zu küssen. Ich kapierte noch weniger. Das Mädchen wollte gar nicht tanzen. Sie wollte etwas anderes. Sie wollte Sex. Sie kam total in Fahrt und werkelte an meinem Wilden Bill rum. Sie wollte, dass ich an ihren Busen fasse. Wie in einem Traum krabbelten meine Hände unter ihrem Hemd

rauf zu ihren wartenden Brustwarzen. Ich drückte sie mit meinen Schweißpfoten.
»Nein, nicht so. Streichel sie«, keuchte sie.
Meine Beine waren wie Wackelpudding und mein Hosenstall erweiterte sich um über 200 Prozent. Mein Körper und mein Hosenknopf hielten dem Ansturm nicht mehr stand.
»He, warte, ich weiß ja nicht mal, wie du heißt«, stammelte ich atemlos.
»Scheiß drauf«, zischte das Mädchen. »Zieh die Hose aus. Mach schnell!«
Ich war kurz davor, in Ohnmacht zu fallen. Mein Körper litt an einer Art Lähmung. Meine Hände gehorchten mir nicht mehr.
»Oh«, stöhnte das Mädchen und fing an mich mit bebenden Fingern auszuziehen.
»Eine Beziehung basiert auf gegenseitiger Rücksichtnahme in guten und in schlechten Tagen«, ertönte plötzlich eine Stimme.
Die Stimme gehörte mir. Das Mädchen hörte mit der Entkleidungsaktion auf.
»Was?«, sagte sie erstaunt.
»Was?«, sagte ich und kapierte nicht, was ich gesagt hatte. Ja, ich kapierte nicht mal, wieso ich überhaupt etwas gesagt hatte.
»Ja«, sagte ich nachdenklich. »Ich hätte nichts dagegen, ein paar Sexspielchen zu betreiben, aber dann müssen wir das Ganze in einem größeren Zusammenhang sehen.«

POTATIS
POTATIS
SYLT

»Was?«
»Also, in einem größeren Zusammenhang. Wenn eine Beziehung das Gegenteil von Lust und Erotik ist.«
Ich kriegte Panik. Ich wollte mir die Zunge abschneiden und zur unfassbaren Wirklichkeit zurückkehren, die ich gerade erlebt hatte. Mein lang ersehntes erstes Mal.
»O Mann«, sagte das Mädchen. »Du bist ja total bekloppt.«
Sie zerrte ihre Klamotten zurecht, machte die Tür auf und verschwand.
Nein!
Jetzt kann ich nicht mehr weiterschreiben. Ich könnte mir die Kugel geben, wenn ich daran denke, wie ich mir mein erstes Mal vermasselt habe. Jetzt ist der Zug für die nächsten 15 Jahre bestimmt abgefahren. Dann bin ich fast 31 und vermutlich die älteste Jungfrau Schwedens. Warum?
Anscheinend bin ich kurz davor, wahnsinnig zu werden.
Ich gehe in mich und peinige mich mit existenziellen Fragen. Warum existiere ich? Gibt es Gott wirklich, wie Oma immer behauptet? Warum bin ich nicht als Bulgare auf die Welt gekommen?

Gedicht des Tages:

Sie kam in einer lauen Dezembernacht
und zog mich aus bis auf die Haut,
mein Wilder Bill, der gab Habacht
und ich hab alles versaut,
doch ach, was nützt das Grollen,
bei der Braut ist nichts mehr zu wollen,
statt wildem Sex in dunkler Kammer
gibt's jetzt nur noch Katzenjammer.

2/1

Hi, Tagebuch!

Mein Freund Arne war hier. Er ist der witzigste Typ der Welt. Dabei will er gar nicht witzig sein. Er will ernst sein. Das macht ihn so witzig. Arne und ich sprachen über den Aufbau des Universums. Ich meinte, das Universum ist wie eine lange Autobahn, die nie aufhört. Arne lachte sich schlapp über die Theorie. Er weiß, dass das Universum rund ist.

»Ha ha ha!«, lachte ich höhnisch. »Wie denn das?«

»Also«, sagte Arne, »du stehst zu einer bestimmtem Uhrzeit an einem Punkt im Universum. Dann gehst du los ohne stehen zu bleiben, und zum Schluss bist du wieder am Ausgangspunkt.«

»Quatsch!«, sagte ich. »Du spinnst.«

»Doch, klar«, sagte der Weltraumphysiker Arne Nordin. »Außerdem kannst du dir bei deiner Rückkehr selbst auf die Schulter klopfen, weil alles gleichzeitig passiert.«

Ich seufzte und verlangte Beweise. »Wie, alles passiert gleichzeitig?«

»Das ist doch total einfach«, seufzte Arne und fand meine

Unkenntnis in dieser Angelegenheit ziemlich peinlich. »Ich habe doch gerade bewiesen, dass das Universum rund ist, oder?«

Ich schaffte es nicht zu protestieren.

»Weil das Universum alles ist, muss auch alles andere rund sein. Unter anderem die Zeit. Wenn die Zeit rund ist, kann sie auch nie aufhören. Was rund ist, hat keinen Anfang und kein Ende. Wo sind denn Anfang und Ende bei einem Ball? Also passiert alles gleichzeitig.«

Arne fragte, ob er einen Whisky trinken könnte. Seine langen Ausführungen hätten ihn durstig gemacht.

»Du hast doch schon einen getrunken«, sagte ich herablassend.

»Hab ich nicht, Blödmann«, sagte Arne weinerlich und bettelte wenigstens um ein Glas Wasser.

»Das hast du doch auch schon getrunken«, sagte ich.

»Du hast wohl Matsch in der Birne«, sagte Arne und röchelte mit seiner verdorrten Zunge.

»Ja, aber alles passiert doch gleichzeitig, Arne. Du hast schon Wasser getrunken oder einen Whisky, oder die vier Flaschen O-Saft, die du Montag im Jugendzentrum geklaut hast, hast du auch schon ausgesoffen. Und das alles gleichzeitig.«

»Halt die Fresse!«, schrie Arne. »Ich verdurste!«

»Tut mir Leid, mein Herr«, sagte ich. »Ich kann Ihnen leider nicht helfen. Ich bin nicht zu Hause. Weil ja alles gleichzeitig passiert, liege ich am Strand und spanne halb nackten Mädchen hinterher. Ich kann dich nicht hören. Es

ist ja gleichzeitig Juli und Januar. Boah! Guck dir mal die nackte Tussi an!«
Ich zeigte auf meinen Stapel Comics.
Dann haben wir uns eine Weile geprügelt.

Danach hat Arne die lustige Geschichte erzählt. Leider war das keine lustige Geschichte. Sie ist wahr. Leider ist die Wahrheit nicht lustig. Sie ist tragisch.
Ich hatte mich ja auf der Silvesterparty gefragt, wo Arne abgeblieben war. Nach meinem Sexflop im Keller mit dieser wilden Tussi musste ich unbedingt unter die Dusche und meinen Schädel unter kaltes Wasser halten und meinen Schniedel unter warmes. Ich musste diese Maßnahmen ergreifen, damit mir nach dem Überfall von diesem unbekannten Lustobjekt nicht das Oberstübchen und der Schwanz explodierten. Nach der Duschtherapie war ich klitschnass. Ich konnte keine Handtücher im Keller finden. Da bin ich wieder nach oben und habe mich an Eriks Pullover abgetrocknet. Erik fragte mich, ob ich Arne gesehen hatte.
Hatte ich nicht. Ehrlich gesagt, war mir Arne in diesem Moment schnurzegal. Ich hätte zum Henker fast eine richtige Muschi berührt. Ich war so nah dran! Sie wollte, ich wollte, nur mein Verstand nicht. ICH wollte alles machen. Elender Verstand. Ich hasse dich!
»Ich hasse dich!«, schrie ich geradeheraus.
»Ach so«, sagte Erik traurig und ging.
Ich habe es nicht mal mehr geschafft, ihm nachzulaufen.

Ich ging nach oben in Christoffer Palms Fernsehzimmer. Da saßen sechs Schnarchnasen und guckten Video. Unter anderem Elis Persson.
Er sagte, der Film hätte gerade angefangen. Ich hätte erst zwei Morde verpasst. Ich setzte mich hin und wurde für den Rest des Abends ein echter Partykiller.
Nach dem Film ging ich nach Hause. Zurück in meine Einsamkeit. Ich sah die glücklichen Paare, die auch nach Hause gingen. Sie würden nach Hause gehen und pimpern und kuscheln. Die ganze Nacht. Dann würden sie aufwachen und noch ein bisschen pimpern und kuscheln. Ich durfte mit meiner Decke pimpern und mit meinen Kissen kuscheln. Es war deprimierend.
Das Letzte, woran ich vorm Einschlafen dachte, war, wo Arne wohl abgeblieben war.
»Das habe ich auch getan. Ich habe mich gefragt, wo ich gelandet bin«, sagte Arne.
Er hatte ganz schnell von Palms Fete die Nase voll gehabt. Dann war er zur nächsten Party in der Innenstadt gezogen. Aus einer Kneipe kam total laute Musik. Arne ging rein. Drinnen war Highlife. Die Musik war höllisch laut. Arne hatte noch nie im Leben so laute Musik gehört. Er dachte, sein Trommelfell fliegt weg. Weiber gab es haufenweise.
»Keine gut aussehenden, oder?«, fragte ich hoffnungsvoll.
»Nee, die sahen nicht gut aus.«
Ich atmete aus.

»Die sahen tierisch gut aus.«
Ich atmete ein.
Arne meinte, jedes dieser Mädchen wäre eine mögliche Ehekandidatin gewesen. Ich lachte männlich und haute ihm auf die Schulter, um die versauten Gedanken aus meinem Hirn zu blasen.
Das einzig Merkwürdige an dieser Party war, dass die Leute ziemlich ruckartig tanzten und sich nicht an den Takt hielten. Nach ein paar Sekunden kapierte Arne, dass die ganze Clique ein Tanzkurs war. Weil sie die neuen Schritte noch nicht so gut draufhatten, sah es etwas sonderbar aus.
Danach traf Arne ein Girl. Eine Schnitte. Eine Braut. Eine Lovemachine. Eine Frau. Sie war ungefähr 16, hatte aschblonde Haare, unglaublich braune Augen, helle schokofarbene Haut und war das absolut hübscheste Mädchen, das Arne je gesehen hat. Er jubilierte 43 Sekunden lang. Dann forderte er das Prachtexemplar zum Tanzen auf. Klammerblues. Arne hatte das Gefühl, als ob sein Kopf in Gelatine eingelegt, mit Baumwolle ausgestopft und als Trophäe an die Wand gehängt würde. Er testete beim Klammerblues eine heimliche Umarmung an, um die Reaktion abzuchecken. Die blieb nicht aus. Das Mädchen umarmte ihn auch. Der Volltrottel Arne hatte Kontakt hergestellt. Vermutlich genau in dem Moment, in dem ich mich mit der sexhungrigen Dame im Keller blamierte. Der eine Freund trifft die Liebe seines Lebens. Der andere Freund geht leer aus. Der eine Freund bekommt Frau und Reihenhaus. Der andere

Freund kriegt eine Junggesellenkaschemme und fängt an zu saufen.
Nun gut, Arne hatte sich verliebt. Gut für ihn. Nach dem Klammerblues setzten sich die albernen Turteltäubchen hin um zu reden. Es war unmöglich. Die Musik machte ein Getöse wie 400 Orkane. Arne blieb nichts anderes übrig, als dem süßen Fratz direkt ins Ohr zu brüllen. Sie schüttelte den Kopf. Arne brüllte noch lauter, damit sie ihn hören konnte. Das Mädchen lächelte ihn nur an. Arne kapierte, dass sie ihn verstand.
Dann erzählte er seine ganze Lebensgeschichte. Seine Angebetete sollte vor Mitleid zergehen. Mit größter Mühe quetschte er sich ein paar Tränen ab, als er von seiner bösen kleinen Schwester Doris und seinem großen und gefährlichen Kumpel Erik erzählte, der ihm ständig die Finger brach. Arne sprach lange über seine seelische Einsamkeit und wie wichtig es für ihn war, die richtige Frau zu treffen, weil seine Mutter schon früh gestorben war.
Und Arnes Vater war nach Amerika ausgewandert, um Geld und ein wenig Mehl zu verdienen, das er den hungernden Kindern Arne und Doris in der Heimat schicken konnte. Dann wurde Arnes Vater von den Indianern getötet und Arne kam zu seinem bösen Onkel Martin Messerstecher. Martin Messerstecher hat Arne jeden Nachmittag gefoltert.
Arne hörte auf, der Dame seines Herzens sein tragisches Schicksal ins Ohr zu brüllen. Er musste abchecken, ob sie von seinem Elend ergriffen war. Das Mädchen sah ihn nur

fragend an. Dann fing sie an mit den Händen zu wedeln. In diesem Moment fiel Arne auf, dass einige der Partygäste auch mit den Händen wedelten. Ja, wenn Arne es genau betrachtete, wedelten alle mit den Händen. Da kapierte Arne. Er war auf einem Fest für Hörgeschädigte gelandet. Ich schmiss mich weg vor Lachen. Das klang ungefähr so: Hahahahahahaooooooohhhhahahahhaehehehehehähähä-ooooh!!
Danach hörte ich auf zu lachen. Arne erzählte nämlich, dass er und Celine jetzt zusammen sind. Celine ist seit der Geburt hörgeschädigt, sie geht in die 7. Klasse aufs Gymnasium und wohnt in einer Villa. Celine hatte schon vier Jobs als Fotomodell. Ich schluckte nur und piepste, dass es wohl gar nicht so einfach sei, mit einem hörgeschädigten Mädchen zusammen zu sein. Da brachte mir Arne das erste Zeichen in der Gebärdensprache bei. Er streckte mir den Mittelfinger hin. Sieh mal einer an. Arne ist mit einem Fotomodell zusammen. Und ich selbst durfte mit einem unnützen Ständer im Keller herumstehen. Glückwunsch. Blödmann!

Gedicht des Tages:

Ach
Oh
O weh
Wenn ich im Keller steh

PS. Ich habe ein todsicheres Rezept für ein höllisches Gesöff erfunden, wenn man sich total die Kante geben will.

Rezept

einen Schuss Whisky aus der Hausbar
einen Schuss Wodka aus der Hausbar
einen Schuss Gin aus der Hausbar
einen Schuss Rotwein von meiner Mutter
4 Bier
1 Flasche Cidre

Alles in einem Eimer zusammenmixen. Trinken und breit werden. Einen Leberschaden davontragen. Ins Gras beißen.

8. Januar

Moin, moin!

Ich hab in meinen alten Kommodenschubladen rumgewühlt und nach einer Zigarettenschachtel mit Wachsfiguren gesucht, die ich irgendwann für meinen Vater zum Geburtstag gemacht habe. Da war ich sechs Jahre alt und ich hatte tolle Skulpturen geformt. Es waren drei Wachsklumpen, die einen Hai, einen Elch und eine geschälte Banane darstellen sollten. Ich muss die Wachsklumpen haben, um mein Bücherregal damit zu zieren. Ich werde der ganzen Welt meine frühen künstlerischen Werke zeigen. Ich hab gesucht und gesucht, aber keine Wachsklumpen gefunden. Stattdessen hab ich ein paar HEMAN-HUNTERS-Texte gefunden, die ich in der sechsten Klasse geschrieben habe. Unglaublich, wie albern ich mal war. *Take the Night* hieß ein Song. Ein anderer hieß *Jäh rocken roll*. Er handelt von einem Kauboy, der in der Prärie Bohnen kocht. Ich werde alle meine alten Albernheiten verbrennen. Heute schreibe ich Poesie zu unserer wundervollen Musik. Wir haben uns ein klasse Image für die Band einfallen lassen. Wir werden uns auf seriöse schwedische Texte konzentrieren. Texte, die nicht nur von Herz und Schmerz handeln und davon, im Sonnenuntergang Händchen zu halten, sondern interessante Texte über die Gesellschaft. Den hier habe ich vor einer Woche geschrieben:

Die Ballade von Andreas

1. Strophe: Andreas wohnte noch zu Hause.
Er ahnte nicht, dass der reiche Rassist Hagen
ihn am Ende einer Sause
umbringen würde in einigen Tagen.

> Refr.: Das Leben ist doch Scheiße,
> einige dürfen leben, andere müssen sterben.
> Das Leben ist doch Scheiße,
> des einen Vergnügen, des andern Verderben.

2. Strophe: Hagen und sein besoffener Anhang
fuhren in der Stadt die Straßen lang.
Als sie auf Panatta trafen,
der redete italienisch, keiner konnte's raffen.
Das reiche, feiste Schwein
stieß das Messer brutal in ihn rein.

> Refr.: (siehe oben)

3. Strophe: Andreas raste in die Stadt,
er wollte eingreifen, was er immer tat.
Hört auf mit dem blöden Stuss!
Hört auf 'n zu treten und macht mit dem Alkohol Schluss!

Oh, dann traten sie Andreas siebzehnmal in den Bauch,
er starb sofort, aber die Polizei stand auf dem Schlauch,
sie haben Hagen nie gefasst,
haben lieber die Steuern für sinnlose Kurse verprasst.

Doppelter Refrain zum Schluss

HEMAN HUNTERS' neues Image ist total klasse. Ich werde vorschlagen, dass wir zukünftig Baskenmützen tragen und lange Schals und jeder mit einem Buch eines russischen Schriftstellers unterm Arm rumläuft. Zum Beispiel Dooftojetzki. Ja, du weißt doch, Tagebuch, dieser Berühmte, der dieses Buch »Der Dummfink« geschrieben hat. Dann wissen alle sofort, dass wir in unserer Band über Probleme nachdenken.

Gestern war es lustig. Es war einer der lustigsten Sonntage, die ich je erlebt habe. Es war Tauwetter. Vier Grad über null und windig. Halb sieben wachte ich von einem Traum auf. Ich hatte von zwei verschiedenen Völkern geträumt. Das eine Volk hatte Schnurrbärte. Das andere hatte nur Flaum unter der Nase, auch die Frauen. Die Frauen des Schnurrbartvolks hatten keine Schnurrbärte. Sie hatten Vollbärte. Das Flaumvolk begann einen Krieg gegen das Schnurrbartvolk. Während der Schlacht flogen ganze Haarbüschel durch die Luft. Dann kam die furchtbare Frisörschere vom Himmel.
Nein. Das ist alles gelogen. Ich habe gar nichts geträumt.

Ich bin davon aufgewacht, dass meine Alte in der Küche Arien sang. Ich hätte sie am liebsten mit einem Strumpf erwürgt. Ich nahm Anlauf und rannte auf die jaulende Irre los. Meine Mutter sang keine Arien. Sie heulte. Sie war so traurig, dass ich den Verdacht hatte, mein Alter hätte sich wie ein Schwein benommen oder so was. Oder Oma wäre in einer Schneewehe umgekommen. Aber so war es nicht. Mama sagte, dass alles so schrecklich öde sei. Es passiere überhaupt niemals irgendwas Spannendes oder Interessantes in ihrem Leben. Ich war platt. Was wollte sie denn? Sie hatte doch Arbeit, einen Mann, einen Sohn, eine Wohnung, Gehalt, eine Freundin, eine Mutter, Geranien in der Küche, einen Pokal vom Golfclub, jeden Dienstag Gymnastik, jeden Donnerstag Kaffeeklatsch und sonntags schicken sie mich ins Kino oder zu irgendwelchen Verwandten zum Abendessen, damit sie bei Tageslicht für Nachwuchs sorgen können. Sie hat doch wirklich alles. Sicherheit und Wohlstand.

»Genau. Sicherheit und Wohlstand«, schluchzte meine Mutter. »Jeden Tag passiert das Gleiche. Immer dasselbe. Überhaupt keine Überraschungen. Soll das so weitergehen, bis ich sterbe?«

Ich verstand nicht, was sie daran störte. Sie ist doch meine Mutter. Meine Mutter beklagt sich doch wohl nicht über so was. Das wäre ja, als wenn sie über den Sinn des Lebens nachdenken würde. Sie hat ihr Leben doch im Griff. Seelen wie ich zerbrechen sich den Kopf über das Dasein.

»Ich hätte Lust irgendwas ganz Verrücktes anzustellen«,

sagte Mama und zündete sich eine Zigarette an.
»Das tust du doch gerade«, sagte ich und tat so, als ob ich einen Erstickungsanfall vom Rauch bekäme.
»Ich meine was total Abgefahrenes.«
»Wieso abgefahren? Davon hast du doch keine Ahnung. Arne und ich machen abgefahrene Sachen. Kannst du in der Bibliothek Fahrrad fahren oder grün angemalt auf der Friedhofsmauer tanzen?«
Meine Mutter sah mich mit müden Augen an. Eine Sekunde später wurde ihr Blick klar. Neugier blitzte in ihren Augen. Sie sagte, sie hätte Lust nach Indien zu trampen. Oder ein Dessousgeschäft aufzumachen oder Gorillas zu züchten oder sonst irgendwas Neues.
»Stell dir das mal vor, Bert. Stell dir vor, alles verscherbeln, ein Wohnmobil kaufen und dann einfach abhauen.«
Ich dachte nach. Es hörte sich total klasse an. Dann dachte ich an meinen Alten.
»Und was ist mit Papa? Er würde doch sterben, wenn er keine Brillen mehr verkaufen und seine deutschen Satellitenprogramme nicht mehr gucken könnte.«
Meine Mutter zuckte mit den Schultern und sagte, dass mein Vater auch ein bisschen Abwechslung gebrauchen könnte.
»Ja«, sagte ich. »Wir könnten ihn vielleicht dazu kriegen, die englischen Satellitenprogramme zu gucken.«
Mama kicherte.
»Nein, das geht wohl nicht. Dann dreht er durch.«
»Oder warum nicht finnische Programme?«

Mama bat mich mit derart drastischen Vorschlägen aufzuhören.
»Ich hätte Lust was richtig Abgefahrenes zu machen. Irgendwas.«
Ich sah Mama an, dass sie es wirklich ernst meinte.

Immer noch der 8. Januar

Hallo noch mal!

»Dann los, lass uns was Abgefahrenes machen«, sagte ich und wunderte mich über mich selber.
Ich hatte vorgeschlagen, dass ich und meine Steinzeitmutter was zusammen unternehmen sollten! Mitten in der Pubertät, wo ich doch eigentlich rebellieren und sie für alles hassen sollte.
Mama sah glücklich aus. Sie nickte und stand auf.
»Zieh dich an, dann hauen wir ab«, sagte sie.
»Wohin?«, sagte ich.
»Wir frühstücken auswärts.«
Ich verstand überhaupt nichts. Wo sollten wir an einem Sonntagmorgen Anfang Januar um sieben Uhr morgens frühstücken?
»Und was ist mit Papa?«
»Ach, der schläft doch heute bis halb elf. Er hat die ganze Nacht das Sportprogramm von Bayern geglotzt.«
Mama fragte mich, warum wir Rücksicht auf ihn nehmen sollten.
Nahm er etwa Rücksicht auf uns? Nein, er pfiff und schnarchte im Schlafzimmer. Er wollte doch gar nicht mit seiner Familie am Frühstückstisch sitzen.

»Du hast Recht«, sagte ich. »Wir sollten ihn umbringen. Hast du eine Pistole?«
Meine Mutter hatte keine. Aber sie hatte hundertfünfzig Piepen, die wir vor dem Mittagessen verprassen mussten.
Ich jubelte und zog mich an. Mama sauste ins Badezimmer.
Aha, dachte ich. Jetzt stylt sie sich eine halbe Stunde lang.
Nach zwei Minuten war sie fertig.
»Aber«, sagte ich, »willst du dich nicht schminken und den ganzen Kram?«
Mama wollte nicht. Sie machte sich nur schnell eine Punkfrisur.
»Wow«, sagte ich.
Sie bat mich ein Taxi zu bestellen. Ich fragte, warum. Wir könnten doch das Auto nehmen. Aber sie wollte nicht. Sie wollte an einem Sonntagmorgen um sieben Uhr mit dem Taxi fahren. Das hatte sie noch nie gemacht. Sie wollte wissen, wie das ist.
Es war großartig. Wir plumpsten auf den Rücksitz und sagten dem Taxifahrer, er sollte uns irgendwohin fahren, wo es gutes Frühstück gibt. Der Taxifahrer brachte uns zu »Kajsas Kaffeestübchen«; das einzige Café von Öreskogan. Wir waren die einzigen Gäste.
»Jetzt wird gegessen«, juchzte Mama und bestellte ein Sandwich mit Käse, Schinken, Hühnchen, Zwiebeln, Majonäse, Ei, Kaviar, Tomate und Gurke.
Ich war sprachlos. Mama isst morgens normalerweise höchstens ein halbes Brötchen, ohne Butter und ohne Marmelade.

»Bestell dir, was du willst«, sagte sie. »Geld spielt keine Rolle.«
Ich nahm Würstchen mit Bratkartoffeln und Spiegeleiern, dazu eine große Cola und zum Nachtisch einen Bananensplit und ein Stück Schwarzwälder Kirschtorte. Mama bestellte sich zum Nachtisch eine Zigarre. Ich starrte Mama an.
»Was guckst du so? Jetzt wird alles anders, hab ich doch gesagt. Ab jetzt werde ich nur noch tun, was ich will. Ich werde jetzt vierzig. Das Leben ist noch nicht vorbei.«
Ich dachte nach. Ich hatte geglaubt, das Leben wäre mit zwanzig vorbei. Mama wird bald vierzig. Wenn das Leben mit zwanzig vorbei ist, ist Mama eine ungewöhnlich muntere Leiche.

Wir gingen zum Supermarkt und kauften was für Papas Frühstück ein. Ich war für Tiefkühlpizza. Mama für Popcorn aus der Mikrowelle. Und zum Runterspülen kauften wir acht Flaschen Karottensaft! Dann fuhren wir mit dem Taxi nach Hause.
Papa schlief immer noch. Wir schlichen uns mit dem Frühstück ins Schlafzimmer. Wir zählten bis drei. Dann schrien wir, dass das Frühstück fertig ist. Er dachte, kriminelle Elemente seien im Schlafzimmer, und sprang aus dem Bett und wollte uns verprügeln. Da klärte ich meinen halb blinden Vater darüber auf, dass es besser wäre, zuerst die Brille aufzusetzen. Damit er keine Löcher in die Luft schlägt.
»Guten Morgen«, sagte Mama und reichte ihm das

Tablett. »Bert und ich haben dir Frühstück gemacht.«
»Aber – oh, danke schön.« Papas Stimme klang fröhlich. Dann setzte er die Brille auf.
»Aber ... was denn? Äh ... Pizza und Popcorn ... ist was passiert?«
»Nein, wie kommst du denn darauf?«, fragte Mama.
»Na ja ... äh, das ist nicht gerade ein normales Frühstück.«
Papa wollte uns die Stirn fühlen. Wir ließen ihn nicht. Mama holte ihre Zigarre raus und fing an zu paffen.
»Was machst du denn da? Wo hast du die her?«
»Vom Himmel«, sagte Mutter und lächelte.
»Ach, hör doch auf. Was ist los mit euch? Was habt ihr angestellt?«
Mama und ich erzählten von unserer fröhlichen Spritztour. Als wir fertig waren, erwarteten wir ein bisschen Beifall. Der blieb aus. Papa fand das alles albern und überflüssig. Da stöhnte Mama und sagte, sie habe Oma versprochen, neue Gardinenstangen in der Küche anzubringen und neue Gardinen aufzuhängen. Sie fuhr los. Zurück blieb Papa, den Mund voller Popcorn und mit einem verwirrten Gehirn.

Ich habe immer noch Bauchschmerzen von den ganzen Süßigkeiten. Mama und Papa redeten bis drei Uhr nachts. Ich glaube, sie spielten eine Art Spiel, das ich nicht verstehe. Es beginnt damit, dass Papa sagt, dass er gesagt hat, was er gesagt hat, es aber nicht so gemeint hat. Dann sagt

Mama, dass er gesagt hat, was er gesagt hat, und es auch so gemeint hat. Papa sagt, dass das, was er gesagt hat und gemeint hat, nicht das war, was Mama gesagt hat, sondern dass er es anders gesagt hat. Mama sagt, dass, wenn er das gemeint hat, was er gesagt hat, dann hat er doch gesagt, was er gemeint hat.
Ich weiß nicht genau, wie man das Spiel gewinnt, aber Mama hat auf jeden Fall das letzte »Gesagt hat« gesagt.

Gedicht des Tages:

Ich habe keinen Bruder, leider,
aber eine klasse Mutter,
sie spendiert im Café Futter
und die Welt trägt bunte Kleider.

PS. Manchmal erschreckt mich meine poetische Begabung fast.

9/1

Unmenschlich früh

Schönen guten Morgen!

Hier kommen ein paar neue Informationen für dich, Tagebuch.
Heute fängt die Schule wieder an. Jetzt ist es Zeit für das letzte Halbjahr in der Neunten. Damit du alles über meine Klassenkameraden weißt, Tagebuch, schreibe ich dir eine Liste.
Meine Anmerkungen zu den Namen sind rein persönlicher Natur und sollen nicht in den Fernsehnachrichten oder Livesendungen im Radio weitergegeben werden – danke!
Denn sollten sie jemals bekannt werden, dann komme ich lebenslänglich hinter Gitter, bei Wasser und Brot.

KLASSE 9 A

Johnny Andersson Lebt bei Pflegeeltern. Er hat zwei Paar Schuhe und trägt jeweils immer nur einen Schuh von jedem Paar. Manchmal übernachtet er in der Schule. Er hat einen

Schlafsack dabei und versteckt sich auf dem Klo, bis das Licht ausgemacht wird.

Louise Beyer Ganz hübsch und ganz nett. Hätte gern ein bisschen Spaß mit ihr zwischen ihren Laken, unter ihren Kleidern.

Hanna Blumenberg Will Pferdepflegerin werden. Hat gute Noten in den Fächern, die ich hasse.

Rut Bolin Modegeil. Steckt ihre ganze Kohle in Klamotten. Sieht in ihren bunten Fummeln aus wie ein Bonbon. Sie will Frisöse werden. Wird vielleicht bald Arne die Haare schneiden.

Josef Damar Kommt aus dem Libanon. Ganz nett, aber ein bisschen still. Hat bei allen wichtigen Prüfungen die besten Noten. Ich glaube, er hat den Rektor bestochen und sich die guten Noten ergaunert. Er hat vor, mal Diplomat zu werden.

Nicke Danielsson Der längste Mensch der Welt. Er fängt bei den Zehen an, hört aber niemals auf. Spielt Gitarre bei den HEMAN HUNTERS. Denkt wahrscheinlich nicht an Mädchen. Will neun Tage in der Woche üben.

Linda Fahlström Ganz hübsch. Könnte mir vorstellen nackt zu sein und mein Sex-Debüt mit ihr zu haben.

Benny Fredriksson War vor kurzem noch ein Weichei. Macht jetzt fünf Tage in der Woche Bodybuilding. Wird wohl bald mit Anabolika anfangen.

Camilla Gevert Kümmert sich um alle und will immer helfen, wenn jemand ein Problem hat. Sollte einen Pflegeberuf anstreben.

Lisa Haglund Sie hat den größten Busen der ganzen Schule. Bekommt ihre BHs als Spezialanfertigung aus Borås.
Ossian Karlhamn Computerfreak. Sitzt zu Hause und surft kreuz und quer durchs ganze Internet. Alles, was er sagt, ist unverständlich.
Sanna Kjellberg SCHARFE SCHNITTE. Mit ihr würde ich mich sehr gerne im Bett rumwälzen. Sie hat ein geiles Gestell. Einmal habe ich sie nackt gesehen. Alter Schwede! Aber es macht auch Spaß, mit ihr zu reden. Wahrscheinlich werde ich später so ein Mädchen heiraten.
Johanna Larsson Streberin. Sie meckert, wenn wir Jungs Rabatz machen und ein bisschen Spaß in den Stunden haben wollen. Eingebildete Ziege!
Erik Linstett Klein, schwach und hässlich. Sehr nett.
Bert Ljung Der Beste!!!
Arne Nordin Verrückt.
Christoffer Palm Hat reiche Eltern. Wenn wir auf Tour sind, will er nie bezahlen, obwohl er Geld wie Heu hat. Öder Typ.
Alfred Panatta Nachbar und nett. Kann mit Erwachsenen reden, ohne dass sie merken, dass er noch ein Jugendlicher ist. Hat schon ein bisschen Bartwuchs.
Jaana Pekkonen Hübsch, nett und finnisch. Einmal hab ich geglaubt, wir wären zusammen, aber das war ein Missverständnis. Jemand nannte einen falschen Namen, als jemand fragte, ob wir zusammen wären. Dabei könnte ich mir vorstellen mit ihr zusammen zu sein. Jedenfalls für eine Nacht oder so.

Elis Persson Streber und voll daneben. Er glaubt, dass Arne homosexuell ist.
Jan Persson, genannt **Jansson** Hat ein Augenleiden und blinzelt oft. Nett. Er kann Comics von Schlägereien und Krieg zeichnen. Hat gute Noten in Geschichte. Besonders wenn es um Krieg geht.
Emilia Ridderfjell Mit ihr war ich mal zusammen. Ha ha ha. Sie ist potthässlich und sieht aus wie eine Außerirdische. Aber so sah sie nicht aus, als wir noch zusammen waren. Da war sie das hübscheste Mädchen der Welt. ICH hab mit ihr Schluss gemacht. Alles andere ist absolut unwahr.
Tina Roininen Die Älteste in der Klasse. Nett und ganz hübsch. Würde gerne bestimmte Sex-Varianten bei ihr austesten. Sie hat einen biegsamen Körper.
Annika Sell Hübsch und blond. War mal mit einem 18-Jährigen zusammen. Hat »es« vermutlich schon gemacht. Ich träume manchmal nachts von ihr. Umgekehrt ist das wohl nicht der Fall. Abmagerungskuren sind das Größte für sie. Wie kann man so was bloß toll finden? Es geht doch nichts über essen.
Zira Sing Kommt aus Indien. Jetzt redet sie so, dass man gleich merkt, dass sie Rapmusik und Partys mag.
Linda Sjöberg Sammelt Quittungen. Ordentlich. Interessiert sich für die Finanzwelt. Will wie ihr Vater ein hohes Tier in der Wirtschaft werden.
Roland Skotte Bauernsohn, der sich nur für Traktoren und solchen Kram interessiert. Und für Politik. Redet über

die Bauernpartei, als ginge es um Geschlechtsverkehr.
Patricia Tivenius Verrückt und lustig. Hat vier Brüder, die alle Eishockey spielen. Patricia kann Freikarten besorgen, aber keiner will sie haben.
Björn Zetterström, genannt **Björna** Hatte Krebs, ist aber fast wieder gesund. Früher war er der Stärkste in der Klasse, jetzt ist er genauso schwach wie der kleine Erik.
Pontus Åkermark Beliebt. Er fährt Slalom, Off-Pist und Snowboard. Er ist immer cool und versucht in allen Situationen sich was Cooles einfallen zu lassen.
Mikaela Öhman Emilias beste Freundin. Mitglied der Pfingstgemeinde. Halleluja und Arnes liebstes Hassobjekt.

Unsere Klassenlehrer heißen Anders Olsson, genannt der Obersülzer (Gemeinschaftskundelehrer), und Jonna Duval (Kunstlehrerin).
Obige Liste ist absolut zuverlässig.

Gedicht des Tages:

Die Schule mich viel lehren will.
In meinem Hirn bleibt's dennoch still.
Mein Denken sich um eins nur dreht.
Der Wilde Bill dann gerade steht.

PS. Wenn jemand heimlich diese Aufzeichnungen liest, so soll diese Person wissen, dass nichts ist, wie es zu sein scheint. Ich habe alles in einem Geheimcode geschrieben, damit es so aussieht, als ob ich mit fast allen Mädchen gerne Sex hätte; aber eigentlich will ich etwas ganz anderes. Was, verrate ich nicht. Ha ha ha. Reingefallen.

Neunter Januar, Nachmittag

Hallöchen!

Hier kommen wichtige Neuigkeiten, Tagebuch!
Ich gehe immer noch in die Neunte. Ich habe es heute gemerkt, als es nach den Weihnachtsferien wieder losging. Ich gehe immer noch in die 9 A. Niemand hat daran gedreht. Ein Glück, dass ich nicht noch einmal in die 7 A gehen muss. Ich würde mir ein bisschen albern vorkommen, wenn ich in der Siebten wäre und mich vor Erik, Elis und den anderen Trantüten in der Neunten fürchten müsste. Außerdem ist es ziemlich unrealistisch, dass Siebtklässler anfangen Bartwuchs auszubilden.
Genau!
Wichtige Neuigkeit Nr. 2: Ich kriege tatsächlich Bartstoppeln. Wahnsinn, Tagebuch. Bald renne ich mit einem üppigen Bart durch die Gegend wie Karl Marx. Ich hab den Bart vorhin entdeckt, nachdem ich mich auf dem Klo einigen japanischen Aktivitäten gewidmet hatte. Wenn ich im grellen Lampenlicht stehe, mitten am Tage, und die Sonnenstrahlen genau auf mein Kinn scheinen, kann man tatsächlich einen dichten Teppich aus Bartstoppeln erkennen.

Echt tierisch! Jetzt warte ich bloß noch auf Gelenkrheumatismus und andere Altersgebrechen.

Es war ein Vergnügen, mal wieder meine weiblichen Klassenkameraden zu inspizieren. Zumindest teilweise. Klar, dass meine alte Ex, Emilia, hässlich und ätzend wie immer war. Louise war sexy wie immer. Sie hatte wohl gerade Geschlechtsverkehr gehabt. Als ich sie sah, musste ich daran denken. Es ist hart, unbefraut zu sein. Ich frage mich, wie viele Mädchen genau in dem Moment Geschlechtsverkehr hatten, als ich eben gerade die Worte »genau in dem Moment« schrieb. Ich frage mich, ob es in meiner Klasse viele Mädchen gibt, die onanieren. Ich frage mich, welche. Ich frage mich, ob es eine gibt, die es jetzt gerade macht. Ich frage mich, ob eine dabei an mich gedacht hat. Ich frage mich, ob ich dabei bin, geisteskrank zu werden. Ich frage mich, ob es noch Hoffnung für mich gibt.

Adieu.

11. Januar

Servus!

Hier bin ich wieder, Bert »der Grässliche« Ljung. Kurz geschoren, aber immer noch genauso hässlich. Hurra!
Das ist ein Tag heute. Ich habe einen Anruf aus dem Ausland gekriegt. Nicht von einem x-beliebigen Russen, der Familienforschung betreibt und mein allerbester Verwandter sein will, sondern von Oma und Opa. Normalerweise wohnen sie auf Gotland, das fast zum Ausland gehört. Aber jetzt sind sie auf Gran Canaria und sonnen sich. Sie machen einen langen Urlaub im Ausland. Das würde ich auch gern, wenn ich nicht zur Schule müsste. Dann könnte man den ganzen Tag am Strand liegen und geile Bräute anpeilen. Oder Rentner vielleicht. Die sind vermutlich die Einzigen, die den ganzen Winter über im Ausland sind. Wenn ich es so recht überlege, bleibe ich doch lieber zu Hause und friere und peile bekleidete Bräute in der Schule an. Die sind das einzig Gute an der Schule. Bräute. Es ist ohne Einschränkungen erlaubt, allen Mädels hinterherzugucken, die in den Pausen auf dem Flur herumrennen. Ich habe einen kleinen geheimen Plan, ein freundlicher, reifer Mann zu werden, der in den Pausen allen rennenden

Schönheiten die Schulbücher trägt. Das wird harte Arbeit. Aber vielleicht springt eine kleine Romanze dabei heraus. Dann hätte sich die harte Arbeit gelohnt.
Wie bin ich darauf gekommen? Ich habe ja erzählt, dass Oma und Opa aus Gran Canaria angerufen haben. Die Sonne scheint, haben sie gesagt. Ach nee! Dann sagten sie, dass sie vier Wochen lang keine einzige Wolke gesehen haben. Auch keine Überraschung. Dann sagten sie, dass sie sich überlegen für immer auf Gran Canaria zu bleiben. Überraschung! Opa wird bald siebzig, aber er arbeitet immer noch als Optiker. Er hat ein Geschäft in Visby. Er braucht ein bisschen Schwung und Action in seinem Leben. Wenn er aufhören würde zu arbeiten und für den Rest seines Lebens als Rentner am Strand herumgammelt, würde er verrückt werden. Genauso wie sein Sohn, also mein Papa. Der ist verrückt. Nach Fernsehen und Video.
Opa hat erzählt, dass er im Februar zu meinem Geburtstag kommen und mir ein Mühlespiel schenken will.
»Vielen Dank«, sagte ich und tat so, als ob es mir nichts ausmacht, dass er das Geschenk im Voraus verrät. Und dann tat ich auch noch so, als ob ich nicht wüsste, dass ich ein Mühlespiel bekomme. Ich habe ja nur zu jedem Geburtstag eins bekommen. Bis jetzt fünfzehn Stück.
»Dann werden wir ganze Nächte durchspielen«, sagte Opa lachend und musste ein bisschen husten.
»Wir wollen jetzt Wohnungen besichtigen«, unterbrach ihn Oma. »Gleich kommt ein junger Mann und holt uns ab.«

»Vergiss nicht, dass Verkäufer einen immer übers Ohr hauen. Denk daran!«, rief ich und hörte, wie es am anderen Ende der Leitung KLICK machte.
Oma hatte aufgelegt. Sie wollte meine klugen Ratschläge nicht hören. Selber schuld, wenn sie ein sauteures Haus kaufen, das sie nicht halten können und das sie am Ende verschenken müssen ... an ihren ... einzigen ... Enkel.
Scheiße. Hoffentlich hat Oma meinen Rat nicht mehr gehört.
Opa ist ein netter Kerl, obwohl er mich beim Mühlespiel immer schlägt. Das macht er nur, um sich für seine schlimme Kindheit zu rächen, als er Bettelknabe in Visby war. Hab ich schon mal die Geschichte erzählt, wie Urgroßvater nach Schweden gekommen ist? Wenn nicht, hier kommt sie:

THE TRUE STORY ABOUT THE RUSSIAN HERO – VLADIMIR LIVANOV!

In grauer Vorzeit stand ein Russe seufzend vor Sankt Petersburg am Meeresstrand. Sein Name war Vladimir Livanov. Er war Lunettes-Macher. Das heißt, der Typ machte Brillen. Er sehnte sich nach der Freiheit jenseits des Meeres. Eines Tages fand er ein paar Holzstücke am Strand. Er baute ein Floß und paddelte mit den Händen, bis er mit der Nase an eine Insel stieß. Die Insel hieß Gotland.
Auf Gotland gab es Schafe und Gotländer. Vladimir verliebte sich. Nicht in ein Schaf. Sondern in eine Gotländerin.

Sie hieß Beda. So hieß sie, bis sie letztes Jahr leider gestorben ist. Vladimir und Beda hatten viel Spaß miteinander. Einmal jedenfalls. Denn sie bekamen ein Kind. Einen Sohn, den sie Stanislav nannten. Das ist kein gotländischer Name. Stanislav wurde während seiner ganzen Schulzeit wegen seines Namens gehänselt. Als er 18 wurde, änderte er deshalb seinen Namen. In Sten Ljung. Sten Ljung machte es wie sein Vater. Er bastelte an Brillen rum. Dann machte er es wieder wie sein Vater. Er verliebte sich in eine Gotländerin. Märta Öberg. Sten und Märta hatten viel Spaß. Doppelt so viel Spaß wie Vladimir und Beda. Sten und Märta bekamen nämlich zwei Kinder. Zwei Söhne. Fredrik und Jan.

Jan bekam Stil, Charme, Neugier, gutes Aussehen und Karriere.

Fredrik bekam den Rest. Kurzsichtigkeit, wacklige Knie, Mundgeruch und Biergier.

Jan hatte Angst, dass sein großer Bruder ihn ansteckt. Deshalb zog er weg, so weit er konnte. Jan Ljung zog nach New York. Jetzt ist er reich und es geht ihm in jeder Hinsicht gut.

Fredrik ist mein Papa.

Amen.

Schluss mit der superinteressanten Erzählung über meine Sippe väterlicherseits. Mütterlicherseits ist die Sippe größer. Da gibt es viel zu erzählen. Das schaffe ich jetzt nicht. Fortsetzung folgt.

Ich habe den ganzen Morgen darüber nachgedacht, ob ich es wagen soll, Nadja Nilsson anzurufen. Also meine Ex. Also bevor ich Schluss gemacht habe. Also vor ein paar Jahren, als ich glaubte, dass sie mich nicht mehr mag. Ich habe mich geirrt. Ich mag sie immer noch. Aber sie ist besetzt von einem ekligen Kerl, der Adelsman heißt. Er ist widerlich und denkt immer nur mit dem Pimmel. Arme Nadja. Ich würde mich gern ihrer annehmen und mich um ihre wunde und zerfleischte Seele seelsorgen. Zwischendurch könnten wir sexuelle Erfahrungen austauschen. Meine Erfahrungen könnte ich auf einer Busfahrkarte unterbringen. Die einzige sexuelle Aktivität, die ich jemals betrieben habe, ist japanisch. Glaube ich. Sie heißt Ona mit Vornamen und Nie mit Nachnamen.
Meinem neuen alten Interesse für Nadja steht ein abscheuliches Trio im Weg. Nadjas lebensgefährliche Rockerbrüder. Die sind jetzt noch verrückter und gefährlicher als vor ein paar Jahren, als Nadja und ich zusammen waren. Hoffentlich sitzen sie im Knast. Dann könnte ich die Chance ausnutzen. Wenn sie nicht eingelocht sind, kann ich sie mit einem anonymen Anruf bei der Polizei verpfeifen. Ich muss jetzt aufhören zu schreiben und eine Nummer im Telefonbuch nachschlagen.

Gedicht des Tages:
(aus einem neuen Text für die HEMAN HUNTERS. Ich schaffe es nämlich nicht, ein neues Gedicht zu schreiben)

Du wolltest raus aus all dem Mief,
die Wildnis dich ins Freie rief.
Du wolltest neue Dinge sehen,
über deine Grenzen gehen.
Doch halte ein, lass dich nicht blenden.
Auch Lebenslust kann schrecklich enden.

Refrain:

Stürz dich mit ins Abenteuer,
doch Vorsicht – es ist heiß wie Feuer.
Denn wenn du das nicht gleich erkennst,
kann es sein, dass du verbrennst.

PS. Stell dir vor, Tagebuch, man dürfte die Tür nicht abschließen, wenn man auf dem Klo sitzt. Dann müsste man dauernd Schiss haben, dass jeden Augenblick jemand reinkommen könnte.

Freitag, der 13. Januar

Hilfe!

Mahlzeit!

Große Ereignisse werfen ihre Schatten voraus. Ich will die Verantwortung ja nicht abwälzen, aber meine Schuld war es nicht.
Gestern habe ich Nadja angerufen und gefragt, ob sie mal mit mir zum Eishockey gehen will. Ich habe meine Handflächen trainiert, damit sie nicht so sehr schwitzen. Das hat nicht so toll funktioniert. Ich musste eine ganze Rolle Klopapier um die Hand wickeln, um den Hörer halten zu können.
Ich rief an!
»Hallo, hier ist Nadja«, sagte jemand am anderen Ende der Leitung.
»Äh … hu … ist Nadja da?«, fragte ich nervös.
»Ja, ich bin's doch, Blödmann«, sagte Nadja lachend.
»Hab ich doch gesagt.«
»Nee, das hab ich nicht gehört«, log ich und das Klopapier klebte an der Hand.
Nadja fragte, ob ich irgendwie nervös sei. Ich sagte, meine Alte hätte sich den Herd auf den Fuß gekippt und hüpfe

jetzt auf Krücken herum und dürfe nicht Bus fahren und seitdem sei sie so schlecht drauf, dass sie nur noch schreit und auf alles schimpft. Deshalb war ich vielleicht ein bisschen nervös.
Nadja lachte und sagte, dass es ziemlich cool wäre, mich mal zu treffen. Ich sagte auch, dass es ziemlich cool wäre. Eigentlich meinte ich, dass es traumhaft wäre, aber das sagte ich nicht. Ich wollte nicht zu aufdringlich erscheinen.
Nadja erzählte, dass ihr Macker rasend eifersüchtig ist. Ich schluckte und stellte mir vor, wie er mich wegen meiner heimlichen Gedanken an Nadja zu töten versucht. Wir beendeten das Gespräch, ohne uns für ein heimliches Liebestreffen verabredet zu haben. Noch nicht einmal zu einem Treffen bei einem uninteressanten Eishockeyspiel. Ich war traurig und musste ein paar Gedichte über meine empfindsame Seele schreiben.
Hier ist eins:

Der Nebel der Nacht senkte sich – über mich.
Seufze, sehne mich nach dir.
O nein – er ermordet mich.
Will so gern geküsst werden von dir – JETZT!
JETZT!!! ICH WILL!!! WARUM WILL KEINE
MIT
... mir?
O nein.

Ich habe mir einen Plan ausgedacht. Ich werde eine schreckliche Lüge über Nadjas Macker verbreiten. Dann redet die ganze Stadt über ihn und Nadja macht Schluss mit ihm. Ich denke mir irgendeine gute Lüge aus und dann erzähle ich sie Arne und sage zum Schluss: »Schwöre, dass du es niemandem weitererzählst!«

Dann muss ich nur noch abwarten, bis Nadja zu mir gestürzt kommt und erzählt, dass sie Schluss gemacht hat mit ihrem ekligen Kerl.

Ich denke mir einen guten Plan aus.

Jetzt weiter zum heimischen Kriegsschauplatz. Meine Alten streiten sich inzwischen nicht mehr. Sie sagen nur noch: »Ach, alles scheißegal. Rutsch mir den Buckel runter. Du kannst mich mal.«

Mal ehrlich, Tagebuch, die haben ein Problem. Ich werde ihnen vorschlagen sich über ihr Problem auszusprechen. Ich kann sehr gut zuhören. Dann sage ich ihnen, was sie falsch machen, und dann vertragen sie sich wieder und lieben sich wieder. Das wäre klasse. Frisch verliebte Eltern. Das wäre gut, jetzt im neuen Jahr.

Dann brauche ich mir keine Sorgen mehr zu machen, dass sie sich nicht ordentlich benehmen, dass Papa zu viel Alkohol trinkt oder dass Mama zickig wird und Papa Sachen an den Kopf schmeißt, die er nie mehr vergisst.

Dann können sie im Wohnzimmer sitzen und kuscheln und ich kann mich in das wilde Nachtleben stürzen und in irrer Ekstase mit den Mädchen tanzen. In der Hoffnung, dass das neue Jahr angenehmer für meine Eltern und mein einsames Körperteil wird, das Tag für Tag nur japanisches physisches Krafttraining erhält.

Gedicht des Tages:

Das Tageslicht ist nur ein Schein,
von jener Nacht, in der allein
ich saß im Café für eine Weile
und blickte auf die Sündenmeile.
Zieh dich aus, du alte Hippe,
damit ich sehn kann dein Gerippe.
Traurige Augen suchten das Licht,
die wahre Liebe fanden sie nicht.

PS. Die häufigste Ursache für plötzlichen Wahnsinn sollen zu viel flimmernde Fernsehbilder sein. Das sagt jedenfalls Arne. Dann ist mein Alter total weich im Hirn.

16/1

Hahallihahallo Tagebuch!

Ich werde mich langsam mit einer Schweißsocke erwürgen. Ich bin ein Schwein. Grunz! Grunz! Ich bin Otto, das Schwein, und habe das Recht dumme und schweinische Sachen zu machen. Denn ich bin ja ein Schwein.
Das war nämlich so. Ich wollte Nadja dazu bringen, mit ihrem Freund Schluss zu machen. Ich log eine Geschichte zusammen und erzählte, dass ihr Typ seine abgenagten Fußnägel in einer Streichholzschachtel sammelt. Es war so ekelhaft, dass ich fast gekotzt hätte, als ich Arne davon erzählte. Er hörte mir mit offenem Mund zu und war entsetzt. Als ich mit meinen Lügen fertig war, sagte ich mit Grabesstimme: »Schwör mir, dass du es keinem weitererzählst.«
Arne schwor es, das heißt, dass er es nur seinen engsten Vertrauten erzählt. Das heißt seiner Familie, seinen Nachbarn, seiner Schule, seiner Stadt, seinem Land und seinem Europa. Mit anderen Worten: Arne ist der zuverlässigste Geheimnisverbreiter auf der ganzen Welt. Er kann überhaupt nichts für sich behalten. Das wusste ich und ich

FUCK
ÅKE
SVETTLÖK
ÅKE
NADJA
Svenne
Eva

musste innerlich grinsen, als ich daran dachte, dass Nadjas ekliger Freund durch meine Lüge noch viel ekliger wurde.
Heute Morgen kehrte die Lüge zu mir zurück. Patricia hat mich angerufen und mir das Allerneueste mitgeteilt. Sie erzählte, dass meine Ex Nadja Nilsson ein widerliches Ekel ist. Zum Frühstück isst sie statt Cornflakes ihre abgebissenen Fußnägel und statt mit Seife wäscht sie sich mit einer Streichholzschachtel. Deshalb stinkt sie unter den Armen nach Schwefel.
Ich starb. Dann legte ich den Hörer auf. Meine Lüge war verfälscht worden. Es war schief gegangen. Jetzt war nicht Nadjas Typ das Ekelpaket, sondern Nadja. Um mich selbst zu strafen schlug ich mir ein paarmal hart mit der Faust gegen die Stirn.
Dann rief Erik an. Er war froh wie der Wilde Bill mit Morgenlatte.
»Hallo, Bert. Gute Nachrichten«, zwitscherte er fröhlich.
»Ich weiß, ich weiß«, sagte ich gereizt. »Nadja isst ihre Fußnägel.«
»Klar doch«, sagte Erik. »Schnee von gestern. Das Neueste ist, dass ihr Macker, der Adelsman, das erfahren hat, und der fand das so ekelhaft, dass er mit ihr Schluss gemacht hat.«
Ich zuckte zusammen. Mit Nadja Schluss gemacht?
»Was? Ehrlich?«, fragte ich schnell.
Erik erzählte, dass er dabei gewesen ist. Es passierte in der

Schlange bei der Würstchenbude. Nadja sei völlig fertig, erzählte Erik munter.

Ich verschluckte meine Rachenmandeln. Fertig? Wegen einer dämlichen falschen Lüge, die ich mir ausgedacht hatte, war Nadja jetzt traurig. Ich war schuld, dass Nadja traurig war. Jetzt wusste ich nicht, ob ich froh oder traurig sein sollte. Ich hatte mein Ziel erreicht. Zwischen ihr und Adelsman war es aus. Aber ich wollte mit der Lüge doch nicht Nadja schaden und traurig machen. Sie sollte doch nur den Schuldigen treffen – Adelsman. Nicht die unschuldige, arme, sexuell belästigte Nadja Nilsson. Ich Idiot! Ich hasste mich selbst. Wie sollte ich ihr jetzt beibringen, dass alles meine Schuld war? Sie würde nie mehr mit mir reden. Ich beschloss eine neue Lüge über Nadja zu verbreiten, nämlich dass sie nur so tat, als würde sie ihre Fußnägel essen, um den ständigen sexuellen Belästigungen von diesem Typ ein Ende zu machen.

Ich rief Arne an und erzählte ihm das. Er schluckte alles und hängte sich gleich wieder an die Strippe. Ich saß in meinem Zimmer und drehte den ganzen Tag Däumchen. Vor einer Weile rief Patricia bei mir an und gab den letzten Klatsch durch. Meine Freundlichkeitslüge war in eine Katastrophenlüge verwandelt worden. Patricia erzählte, dass Nadja mit Adelsman als Sexualpartner sowieso nicht mehr zufrieden war und sie nie genug bekommen konnte. Sie wollte ständig Sex. Sie dachte an nichts anderes. Außerdem erzählte Patricia, dass das mit den Fußnägeln nicht stimmte. Adelsman hat mit Nadja Schluss gemacht, weil sie ihn dauernd betrog. Ihr Sexhunger war enorm. Sie hatte jede Nacht vier, fünf Kerle. Patricia sagte, Nadja wäre auf dem besten Weg eine Prostituierte zu werden. Bei jedem Wort, das Patricia erzählte, musste ich weinen. Nichts davon stimmte. Meine Lügen begannen Nadjas Leben zu zerstören.

Jetzt sitze ich hier und überlege, was ich tun soll. Soll ich Nadja die Wahrheit sagen und das Risiko eingehen, dass sie nie wieder mit mir spricht? Oder soll ich so tun, als ob nichts wäre, und den Idioten verfluchen, der so unwahre Gerüchte über sie verbreitet?

Jetzt hat es an der Tür geklingelt. Wahrscheinlich jemand, der Vater Lose andrehen will. Nee. Warte ... Tagebuch, steh mir bei! Es ist Nadja!!!

SCHLUSS

16/1
Zu später Stunde

Halli hallo, liebes kleines Tagebuch!

Hier ist Bert, das Schweineöhrchen.
Alles ist gut. Fast.
Nadja war hier. Sie war traurig. Ich sagte, das macht nichts. Nadja weinte. Ich sagte, das macht nichts. Nadja schnäuzte sich in mein Kopfkissen. Ich sagte, das macht nichts, auch wenn mein Kopf heute Nacht am Kissen kleben bleibt. Nadja lachte. Ich sagte, das macht nichts. Nadja erzählte mir alles. Ich sagte, das macht nichts. Dann pumpte ich zehn Liter Luft in meine Lungen und erzählte ihr die Wahrheit. Ich erzählte ihr, dass ich in sie verliebt sei, dass ich nie aufgehört hätte sie zu lieben. Arne hätte mich gezwungen vor hundert Jahren mit ihr Schluss zu machen. Und außerdem hätten Nadjas Brüder mich die ganze Zeit töten wollen. Ich wollte für immer mit ihr zusammen sein. Deshalb hatte ich die lügenhaften Gerüchte über sie in die Welt gesetzt. Ich erzählte, was ich gesagt hatte und wie sich der Klatsch unterwegs verändert hatte und für Nadja eine Katastrophe geworden war. Ich wollte doch nur, dass zwischen Nadja und Adelsman Schluss sei.

Nadja schaute mich lange an. Sie sagte kein Wort. Aber immerhin hörte sie auf zu weinen. Nach sechseinhalb Minuten machte sie schließlich den Mund auf und zischte:
»Du Scheißkerl, du bist das Letzte, du Schwein!«
Ich nickte zustimmend.
»Ich bin ein Schwein. Ich bin Otto, das Schwein.«
Nadja konnte ihr Lachen nicht mehr zurückhalten. Erst kicherte sie, dann prustete sie los.
»Scheiß Bert«, sagte sie und lachte. »Ich will doch sauer auf dich sein. Alles ist deine Schuld. Du darfst mich nicht ständig zum Lachen bringen.«
»Zur Abwechslung kann ich dir auch was Grässliches erzählen, dann können wir zusammen heulen.«
Nadja lachte laut und in ihr Lachen mischte sich ein Weinen, das zum Schluss die Oberhand gewann. Sie weinte und fiel mir um den Hals. Ich wusste nicht, was ich tun oder sagen sollte. Das mit den Gefühlen ist gar nicht so einfach. Deshalb heulte ich aus lauter Sympathie ein bisschen mit. Ich heulte wie ein abgestochenes Schwein. Otto das Schwein und sein Mädchen.
Schließlich hatten wir keine Tränen mehr. Wir hatten uns ausgeheult. Nadja wischte all das Nasse auf meiner rechten Backe weg und schnäuzte sich wieder in mein Kopfkissen, und ich sagte, dass es nichts macht.
»Natürlich macht das was, das tat weh«, sagte Nadja.
»Aber jetzt ist alles wieder gut.«
»Ja, ich weiß«, sagte ich schluchzend. »Jetzt ist es wieder gut.«

Nadja guckte mich mit ihren braunschwarzen Augen an.
»Schweineöhrchen«, sagte sie.
»Sahnehäubchen«, sagte ich.
»Lecker«, sagte Nadja.
Wir küssten uns.
Vielleicht sind wir jetzt wieder ein Paar. Nadja Nilsson und ihre widerlichen Brüder auf der einen Seite, ich und meine Rockband HEMAN HUNTERS auf der anderen Seite. Ich bin gespannt, was die Leute sagen, wenn sie erfahren, dass Nadja, die angebliche Hure, mit mir zusammen ist.

Jetzt aber zurück zum Schlammcatchen.
Ein Typ aus Manchester in England hat sich ausgedacht, wie man den Geschlechterkampf im Schlamm austragen kann. Auf der einen Seite steht eine Frau und auf der anderen Seite steht ein Mann, einen Arm auf den Rücken gebunden. Da haben beide die gleichen Chancen. Hoffentlich kommt dieser Sport bald nach Schweden.

Gedicht des Tages:

Wie ein Kloß in meiner Kehle,
wie der Lenz in meiner Seele.
Bringst in Wallung du mein Blut.
Woher nahm ich nur den Mut,
das alles dir zu sagen,
es dennoch zu wagen,

auch wenn du mich zum Henker schickst.
Du mich trotzdem noch entzückst,
wir heulten beide virtuos.
Diesen Kerl bist du jetzt los.
Wir wussten kaum, wie uns geschah.
Sind wir jetzt ein Paar?

PS. Ich möchte wissen, ob man Leuten ansieht, ob sie Prostituierte sind oder nicht. Haben sie ausgebeultere Hosen als normale Menschen? Oder dunkle Ringe unter den Augen? Wenn ja, dann bin ich ein Prostituierter.

18. Januar

Befreit von irdischen Gelüsten oder fleischlos glücklich

Es brodelt in meinem Kopf.
Ich denke an Nadja Nilsson. Sie ist ein Engel und ich bin ein Schwein. Das Schwein Otto. Otto Magenkrampf.

Ich denke an Hiroshima.
Das darf nie wieder passieren.

Ich denke dann und wann auch ein wenig an Sex. Tatsächlich sehr selten, aber manchmal denke ich dran. Natürlich nichts Unanständiges. Nein, nein, nur an ganz normalen Sex und selbstverständlich in der Ehe. An einen verheirateten Mann, der im Bett auf seiner verheirateten Frau wippt.
Daran denke ich. Dunkel muss es natürlich auch sein. Beide geben keinen Ton von sich und nach vier Minuten ist alles erledigt. Hallihallo und gute Nacht! Für Freitag alles abgehakt.
Oh, nein, bloß kein unanständiger Sex. Sex dient in erster Linie der Fortpflanzung. Zu viel Sex ist außerdem schäd-

lich. Wenn man es mit dem Bumsen übertreibt, kann man nämlich blind werden oder einen Hirnschaden kriegen. Eigentlich ist Bumsen unnormal. Jedenfalls daran zu denken.

Davon wird man pervers. Also, wenn ich nackte Mädchen sehe, regt sich bei mir überhaupt nichts. Auf mich wirken die irgendwie nicht anregend, sondern eher erkältet, weil sie ja nichts anhaben. Der Beischlaf ist auch nicht das Wichtigste. Viel wichtiger sind Diskussionen mit den Mädchen: über die Krisen in der Finanzwelt, die Umweltverschmutzung, außerparlamentarische Aktionen, den starken Südsüdwestwind in der Deutschen Bucht und die Integration der Einwanderer in die Gesellschaft.

Ich bin auch Einwanderer. Mein Urgroßvater war Russe. In diesen harten Zeiten müssen wir Kanaken zusammenhalten.

Wie bin ich denn jetzt darauf gekommen? Ich war doch gerade dabei, darüber nachzugrübeln, wie unnötig Sex ist.

Ich verstehe einfach nicht, dass so viele Mädchen und Jungen viel zu früh Sex haben. Man sollte damit warten, bis man sich wirklich reif dafür fühlt. Ich fühle mich bestimmt erst mit 30, 40 oder so reif. Eine total wichtige Voraussetzung ist zum Beispiel, dass man denjenigen, mit dem man Sex hat, auch wirklich liebt. Dass man richtig verliebt ist. Sonst ist Sex schmutzig und barbarisch.

Ich käme nie auf die Idee, mit der Erstbesten ins Bett zu steigen. Zuerst muss man das Mädchen mal kennen lernen

und sich in sie verlieben. Außerdem ist es in einer Beziehung wichtig, nicht auf Sex fixiert zu sein.
Es ist *mindestens genauso wichtig*, gemeinsame Interessen zu haben: Tätowierungen, Hundezucht oder Badminton. Liebe bedeutet nicht nur zu bumsen. Liebe ist so viel mehr: Gefühle und schön angerichtetes Essen im flackernden Schein von Naturwachskerzen.
Liebe ist ein Morgen im Mai mit Vogelsang, ein lauer Wind, der die Schenkel umspielt, eine Hand, die zart das Haar durchwühlt. Ein Blick zweier Menschen, die sich getroffen, zwei Seelen, die auf Frieden hoffen. Eine Woge im Meer, die die Sinne umfließt, ein Bach voll Liebe, der die Erinnerung küsst.

Pornos und so was sind echt widerlich. Die sind total frauenfeindlich. Da stöhnen und schreien die Bräute und werden erniedrigt. Ich käme nie auf die Idee, mir einen Pornofilm anzusehen oder ein Pornoheft zu kaufen, um die sexuellen Gewohnheiten der Schweden zu studieren. Ist doch alles nur Erfindung. In Wirklichkeit ist das nicht so. Das Ganze ist doch ein einziger großer kommerzieller Bluff. Mal angenommen, da würde jetzt so eine Pornobraut in mein Zimmer kommen und Sex wollen.
»Nein, du«, würde ich sagen. »Mit mir kannst du das nicht machen. Ich kenne diesen Bluff!«, würde ich sagen, wenn sie anfangen würde sich langsam zu entblättern …
O Mann, wenn ich nicht bald Sex kriege, geb ich mir die Kugel.

19/1

Tach auch!

Ich denke an Nadja Nilsson. Nein, nicht an eine nackte, sondern an eine komplett angezogene – ganz ehrlich. Wir haben uns noch mal geküsst. Sie ist ja nach meiner gemeinen Gerüchteaktion frei und wieder zu haben. Leider wird sie von ihrer Umwelt jetzt für das größte Ekel aller Zeiten gehalten. Tja, und Ekel sein ist leider ansteckend. Wenn ich also mit Nadja zusammen bin, werde ich auch zum Ekel. Dabei ist es ja gar nicht sie, die eklig ist, sondern ich, das Schwein Otto Magenkrampf.

Otto Magenkrampf
Es war einmal ein Schwein, das hieß Otto. Otto war ein richtiges Kannibalen-Schwein, denn er aß Weihnachtsschinken und gebratenen Speck.
Eines Tages ging Otto das Kannibalenfleisch aus und er begab sich auf die Jagd. Er hatte gehört, dass es in dem vergessenen Reich Balgarat eine Frau gab, die drei Weisheiten hatte und Otto vier Extraleben geben konnte, wenn er schön brav war. Xodura aus Balgarat war die Feindin des

bösen Herrschers Oor. Oor war der Sohn von Aar, Aar der Sohn von Eer und Eer der Sohn von Yyr, dem Gespenst mit dem Silberpenis. Yyr hatte zu seiner Zeit niemals ein Schwein gesehen. Das blieb ihm auch erspart, da Yyr im großen Ku-Uxum-Krieg zwischen den Nildoternen und dem stolzen Marmarvolk dahingerafft wurde. Xoduras drei Weisheiten waren Gerücht, Wahrheit und Schönheit. Das Gerücht war, dass die Sonnenkraftprinzessin Nadina wurmstichig war. Die Wahrheit war, dass Xodura wurmstichig war. Die Schönheit war Nadina. Nadina kämpfte gegen das ungerechte Würmergerücht an, das Xodura verbreitet hatte. Xodura verweigerte Nadina Männer und sexuellen Genuss und Nadina musste ihr Sexualleben daher in die eigene Hand nehmen. Also genau jetzt, in dem Augenblick, als ich das Wort ›jetzt‹ geschrieben habe. Die Männer bekamen einen Schock, als sie merkten, dass nicht Nadina wurmstichig war, sondern Xodura. Aber es war nichts zu machen. Das Gerücht verbreitete sich wie ein Lauffeuer. Es verbreitete sich über die grünen Wiesen von Antagon bis zum wilden Smaragdberg von Rebhypnon. *Nadina ist wurmstichig! Nadina ist wurmstichig!* Da kam das Schwein Otto Magenkrampf. Er schlug die ganze beschissene Bagage tot, bekam das ganze Königreich, die halbe Prinzessin und vier Cheeseburger mit einer großen Pommes und Cola.

Mensch, hab ich Kohldampf. Ich sollte Arne und Erik mal wieder zu einem Herrenabend einladen. Ich werde irgendwas kochen und den Herren das Resultat servieren. Wenn

sie das überleben, kann ich riskieren selbst was zu probieren. Ansonsten fahre ich in die Stadt und kaufe mir ein paar fettarme Fritten, während der Bestattungsunternehmer die Leichen fortschaffen lässt.
Arne hat sich wieder mit Celine getroffen. Also, diese hörgeschädigte Schönheit, die er Silvester kennen gelernt hat. Arne sagte, dass sie sich kleine Zettel schreiben und sie ihm die Gebärdensprache beibringt. Ich fühle den Neid wie einen Stachel in mir. Celine ist echt megasüß. Es war nicht gelogen, dass sie schon viermal als Fotomodell gearbeitet hat. Sie ist im H&M-Katalog, auf dem Titelblatt einer Ausgabe der ›Wochenrevue‹ vom letzten Jahr und war bei zwei Modeschauen dabei. In Stockholm und hier in Öreskoga. In Stockholm hat sie bestimmt Unterwäsche vorgeführt und hier in Öreskoga ist sie sicher in Helly-Hansen-Overalls und Gummistiefeln über den Laufsteg gewackelt.

Ich denke ernsthaft darüber nach, ein neues Leben in einer anderen Stadt zu beginnen. Warum soll ich in diesem Nest verrotten?
Ich habe mich für so einen Medienkurs beworben. Ich beabsichtige nämlich Medienmogul zu werden. Also einer, der das TV-Programm, das Zeitungsangebot und die Abonnementpreise bestimmt und beherrscht.
Gerade schreit mein Alter aus dem Wohnzimmer. Er brüllt, dass er einsam ist und dass er Gesellschaft haben will, wenn er »Bauern in Bayern – eine Dokumentation« guckt.

Das ist so ein deutsches Magazin, das sich auf Reportagen über landwirtschaftliche Nutzfahrzeuge spezialisiert hat.
So einen Scheiß werde ich verbieten, wenn ich Medienmogul bin.
Das Gedicht des Tages fällt aus wegen Faulheit und kribbeligem Unterleib.

Samstag, der 21.1.

VENI, VIDI, VICI

Es ist ganz schön krank, wie viele komische Sachen im Dasein passieren. Man nehme nur das Beispiel MTV. Gestern habe ich mal nachgezählt, in wie vielen Liedern es um Sex ging. 82 Prozent! Nach meinen Berechnungen. Ich kapiere nicht, wie die multinationale Massenindustrie den Leuten so verdrehte Wertvorstellungen darüber aufschwatzen kann, wie ein Körper auszusehen hat. Kann ich nicht in Ruhe meine Pickel haben, ohne ständig unbepickelte Typen in Musikvideos sehen zu müssen? Warum gibt es auf MTV keine pickeligen Typen? Warum gibt es keine Leute, die rumlaufen und furzen? Warum gibt es keine Leute mit Speckrollen? Warum? Warum? Warum? Die Jugend ist in der Sklaverei gelandet, gefesselt von den Lakaien der Modeindustrie. Ich würde mich niemals auf das Modekarussell locken lassen. Ich sage nur eins: Wenn meine Klamotten in Mode kommen, schmeiße ich den ganzen Scheiß weg. Ich schmeiße den Scheiß weg! Ich kapier nicht, wie die Leute so blöd sein können, auf bestimmte Moden hereinzufallen. Ich habe meinen eigenen Stil. Ein bisschen Punk, ein biss-

chen Grunge, ein bisschen Hip-Hop-Fashion. Ein eigener Stil, frei vom Modediktat.

Man merkt, dass ich in die Neunte gehe. Die Wirklichkeit wird mir so bewusst, dass es mir beinahe unheimlich vorkommt. Woher hab ich nur meine Intelligenz? Ich habe in der gesamten Verwandtschaft herumgesucht und geforscht, aber ich stoße nur auf einen Haufen Schafsköpfe. Bis auf einen. Meinen Onkel Jan Ljung. Wenn ich erwachsen bin, will ich so sein wie er. Jan wohnt in New York und hat mit Werbung, Computern und Medien zu tun. Er ist steinreich. Leider hat Gott nicht gewollt, dass ich ein schönes Leben kriege, deshalb ist Jan nur mein Onkel und nicht mein Vater. Stattdessen schickte der Teufel dem wehrlosen Kind einen mickrigen Optiker. Jan konnte letzte Weihnachten nicht nach Schweden kommen. Aber er hat versprochen, dass er im Frühling kommt, wenn Mama vierzig wird.

Donnerstag schrieben wir eine Mathearbeit. Ich hatte leider, leider vergessen zu pauken. Ja, als ich mir die Gleichungen auf dem Aufgabenblatt genauer anschaute, wurde mir klar, dass ich sogar vergessen hatte diese Gleichungen überhaupt zu lernen. Ich sah mich in der Klasse um. Alle schrieben, nur ich nicht. Und Patricia Tivenius. Sie saß da und kaute auf ihrem Stift herum. Sie sah, dass ich sah, dass sie nicht schrieb. Ich sah, dass sie sah, dass ich nicht schrieb. Ich schickte ihr einen Zettel.

»Du bist ja hohl in der Birne«, stand darauf. Patricia grinste und schrieb zurück:
»Du solltest die Sechste noch mal wiederholen, du Mathegenie.«
Danach lieferten wir uns ein Zettelduell, zu unanständig für Außenstehende. Leider entdeckte unsere Mathelehrerin die Zettel.
»Nein, nein, nein«, schrie meine innere Stimme in verzweifelten Panikattacken. Ich wusste nicht, was ich tun sollte. Die Lehrerin war einen Meter entfernt. Da hatte ich einen Geistesblitz. Ich stopfte alle Papierzettel in den Mund. Ehrlich! Ich kaute auf vierzehn stark tintegetränkten Zetteln, kariert und umweltfreundlich, aus bestem Recyclingmaterial. Leider quillt Papier in Hals und Magen auf. Und leider passierte genau dieses Bert Ljung. Er bekam keine Luft mehr. Ich wurde immer blauer im Gesicht, während meine Mathelehrerin immer wütender wurde und meine hilfsbereiten Klassenkameraden immer hysterischer.
Der Einzige, der ruhig blieb, war Erik. Ehrlich, Tagebuch! Der kleine Erik, Schwedens jämmerlichste Gestalt und eine der wertlosesten Personen, seit Gustav IV. Adolf 1809 aus Blödheit Finnland an Russland verlor. Er, genau dieser Erik, kam gelassen zu mir, der ich gerade den Erstickungstod starb, und tastete meinen Hals ab. Er nickte kurz und bestimmt. Dann gab er mir einen derartigen Schlag auf den Rücken, dass die Faust vorne herauszukommen drohte. Und SCHWUPP! flogen alle Schnipsel aus meinem Mund und der Lehrerin ins Auge.

Erik hatte mir das Leben gerettet. Ich umarmte meinen Helden. Dann durfte ich zum Rektor gehen und erklären, warum ich meiner Lehrerin mitten ins Gesicht gespuckt hatte. Ich hatte keine Antwort parat und schob es darauf, dass es zu weit bis zum Papierkorb war. Die Lehrerin sei mir leider in die Flugbahn geraten. Der Rektor schrieb einen wütenden Brief an Mama und bedauerte sie wegen ihrer hoffnungslosen Erziehungsaufgabe.

Vor einer Weile hab ich Mama den Brief vom Rektor gezeigt. Der hat sie kalt gelassen.
»Das geht den überhaupt nichts an, wie ich dich erziehe«, sagte sie.
Mama ist mir manchmal unheimlich. Zum Beispiel in so einer Situation. Es scheint etwas mit ihr passiert zu sein, seit sie und ich an jenem Sonntagmorgen getürmt sind. Sie ist vielleicht Mitglied in einer geheimen Sekte geworden, die die Psyche der Menschen verändert. Da baden sie dann in verschiedenen Drogenbädern und beten Joba oder irgendeinen anderen unbekannten außerirdischen Dämon an.
»Mama, wer ist dieser Joba eigentlich?«
Mama wusste nicht, wovon ich rede. Sie wollte bei mir Fieber messen und mir als erste Maßnahme einen Eisbeutel auf die Stirn legen. Ich wehrte sie ab. Ich finde überhaupt, dass es nervig ist, wenn Mama mich anfasst. Es ist ja wohl mein Leben und mein Körper. Ich bestimme, wann den wer anfasst. Nadja dürfte ihn schon anfassen. Sowohl den Kör-

per als auch den Schwanz. Man stelle sich ein Mädchen vor, das Ausschlag von Schwänzen kriegt. Dann muss sie Gummihandschuhe überziehen, wenn sie einen Penis anfasst.
Oder wie der Elefantenbulle in Indien, der an einer Straßenecke in Bohupurtbagpur einen Steifen bekam. Er bekam einen solchen Ständer, dass der Schwanz im Boden stecken blieb, als er Holz durch Bohupurtbagpur transportieren sollte. Das gab zwei Tage Verkehrschaos. So lange hielt der Steife. Zum Glück ist man kein Elefant.
Es wäre ziemlich unangenehm, mit dem Pimmel auf dem Schulhof im Asphalt hängen zu bleiben. Ich weiß, wie es sich anfühlt, wenn man sich Schürfwunden am Knie holt. Wie sich das an einem empfindlichen Schwanz anfühlt, darüber wage ich gar nicht erst nachzudenken.

Ich sehne mich nach dem Tag, an dem sich die Kinder dieser Welt nicht mehr unsicher und ungeliebt fühlen müssen.

Gedicht des Tages:

Ich bin das Leben.
Warum ist dann das Leben
niemals da, wo ich bin?
Stell dir vor, das Leben

sehnte sich nach mir
und ich hätte schon längst
das Leben vergessen.
Dass ich das Leben war.

PS 1. Ich weiß, dass ich viel bessere Gedichte schreiben kann als alle diese eitlen Fatzkes, die sich Dichter nennen. Bei denen reimt sich das ja nicht mal.
Ein Beispiel. Ein Gedicht von Zlotan Bogevic:

Sehnsucht aus Feuer in Wasser aus Eis
gestochen von Blumen
Tau durch die Nacht

Schrott!!! Keine Reime. Ja, ich kapier überhaupt nicht, was der Knilch sagen will.
Mein Beispiel:

Wasser wird zu Eis,
ich bin ein Tattergreis,
Nacht oder Tag,
Ich lieg im Sarkophag.

Eine viel bessere und leichter verständliche Schöpfung.
Warum bringen diese Kulturidioten alles durcheinander?
Was wissen Erwachsene eigentlich von Einsamkeit, Liebesentzug und Identitätskrisen?
Warum ruft Nadja nie an???

PS 2. Ich hab dieses Tagebuch von vorne bis hinten durchgelesen. Hab ich das geschrieben? Ich muss irgendwie krank sein.

PS 3. Nächstes Wochenende hat Louise sturmfreie Bude. Ich hab Arne gefragt, ob er hingeht. Er kann nicht, weil er mit Celine verabredet ist. Arne geht mir auf die Nerven mit all seinen Weibern. Er kann ja wohl auch mal an seine Kumpels denken.

26. Januar diesen Jahres

Kameraden, Beschwerdeführer, Pin-ups, Hardcore-People!

Ich bin scharf auf was Süßes. Ich könnte in einen Kiosk einbrechen und die ganze Schokolade, allen Klebekram, Mäusespeck und Lakritzschnecken auffressen. Dann würde ich noch ein paar interessante Zeitschriften mitgehen lassen. Ein paar mit Weibern und ein paar ohne. Unter denen ohne sollte »Wunder der Statistik« sein. Das ist eine starke Zeitschrift, die sich mit statistischen Ergebnissen befasst, die die Leser ermittelt haben. Arne hat mal eine Statistik über das Nasebohren eingesandt. Er entdeckte einen Zusammenhang zwischen Nasengröße und Anzahl der Bohrungen. Je größer die Nase, desto mehr Bohrungen. Dachten alle Statistikfreaks. Aber nichts da. Es war genau umgekehrt. Je größer die Nase, desto weniger Bohrungen, was nach Arne Nordin auf den unermesslichen Lagerungsmöglichkeiten in den Löchern einer großen Nase beruht.

Zu jener Zeit war Arne wissenschaftlich interessiert. Jetzt ist er nur noch verliebt. Und glücklich. Das sagte er vorgestern in der Pause.
»Bert! Mann, ist das geil mit den Mädchen, was?«

»Aha«, sagte ich und dachte an Nadja, mit der ich nicht ... oder vielleicht ... oder nicht ... oder zusammen bin oder wie?

»Man macht so viel zusammen.«

Ich sah Arne an und kapierte. Er und Celine hatten gepimpert. Arne hatte das Jucken besiegt. Glückwunsch, mein Freund. Ich darf jetzt allein auf dem Pfad des Juckens wandeln.

»Wie oft habt ihr es schon gemacht?«, fragte ich und spürte, wie sich ein Trauerkranz um meine einsame Seele wand.

»Was denn gemacht?«

Arne sah aus wie ein Fragezeichen.

»Na, es.«

»Ja, was denn?«

»ES!«

»Es? Celine und ich machen eine Menge Sachen.«

Ich dachte neidisch an all die Dinge, die man mit zwei nackten Körpern machen kann.

»Kaffeetrinken gehen, über Politik diskutieren, kuscheln, zusammen pauken und außerdem bringt sie mir ja die Gebärdensprache bei.«

Arne winkte und spreizte die Finger. Es sah aus, als hätte er Rheuma. Aber das hatte er nicht. Arne hatte gesagt, dass er in Celine verliebt und sehr glücklich darüber sei.

»Jaja. Aber wie oft habt ihr gevögelt?«, schrie ich so laut, dass das Ende meines Satzes alle anderen Geräusche im Speisesaal übertönte.

Dann begann ich eine Menge Schweinereien zu brüllen, wurde aber von einer Hand unterbrochen, die mich an den Haaren zog. Es war nicht der Rektor. Es war kein Lehrer. Es war der kleine Erik. Er schleifte mich hinaus zu einem Schneehaufen und schmiss mich hinein. Wo hatte der kleine Jammerlappen plötzlich so viel Kraft her?
»Was soll das? Du kannst froh sein, dass du so ein Schwächling bist. Ich schlage keine Zwerge«, sagte ich. Erik sagte, dass er mir nur das Leben retten wollte. Erik ist ein guter Kumpel. Mein Leben ist ihm wichtig, er lässt mich nicht im Stich. Arne dagegen ist kein guter Kumpel. Er pfeift auf mein Leben und hat mich schon längst im Stich gelassen. Ich kann mich nicht daran erinnern, Kumpel im Stich gelassen zu haben, nur weil ich ein Mädchen hatte. Also, ich würde niemals nur Sex mit dem Mädchen haben und mit ihr zusammen sein, auch wenn ich die Chance hätte. Ich würde genau wie früher mit meinen Kumpels zusammen sein. Es ist doch mindestens genauso wichtig, mit Arne in der Stadt auf dem Fahrrad rumzugurken, wie Sex mit einem Fotomodell zu haben. Das finde ich jedenfalls. Ganz klar.

Übermorgen ist bei Louise eine Party. Da geh ich hin. Sie hat sturmfreie Bude. Louise ist mit einem Jungen zusammen, der achtzehn ist. Er kann allen Bier besorgen. Man muss seine Wünsche nur auf einer Liste eintragen. Ich habe gesehen, dass Benny fünf Pullen bestellt hat, Jaana zehn und Nicke vier. Erik hat eine ganze Liste von Sachen aufgestellt, die er nach Hause geliefert haben wollte. Er hat gedacht, der Freund von Louise wäre so eine Art Kurierdienst, der die ganze Familie Linstett mit Sachen beliefert.

Was Erik haben wollte:

Sechs Bananen, leicht gelb, aber ohne braune Flecken
eine Dose Champignons, aber keine ungarischen, weil die einen Beigeschmack haben
ein Päckchen Pflaster, aber nicht mit Bussy Bär, sondern mit Käpt'n Blaubär
Himbeersaft, aber ungesüßten
und so weiter und so weiter

Louise hat Eriks gesamte Bestellung gestrichen.

Ich hab kein Bier bestellt.
Erstens ist es eklig.
Zweitens ist es teuer.
Drittens ist es absolut überflüssig.
Viertens würde Mama mich erschlagen.

Ich kann noch nicht sterben. Vorher muss ich Nadja noch nackt sehen. Dann muss ich den Körper einer nackten Frau anfassen. Wenn ich das nicht vor meinem Todestag schaffe, werde ich der erste Geist in der Geschichte der Menschheit, der Mädchen angrabscht, anstatt ihnen etwas vorzuspuken.

Gedicht des Tages:

Ade
Schnee
Püree
Frikassee
Zerkocht
Die Januarnacht warnte mich

PS. Arne hat es nicht mit Celine gemacht. Er hat gesagt, dass sie nicht einmal richtig gefummelt hätten. Celine hat nämlich vier kleine Schwestern, die sich alle in Arne verliebt haben. Sie werden hysterisch, wenn Celine und Arne versuchen allein zu sein. Jetzt steht er da mit seinem Fotomodell und vier Weibern zwischen zwei und sieben Jahren. Ha ha ha!

28. Januar

Tachchen

Ich will dir nur ein paar Sachen mitteilen, Tagebuch.

- Nadja Nilsson ist hübsch. Sie ist jetzt besser drauf und sieht besser aus als zu der Zeit, wo wir zusammen waren.
- Nadja hat drei saugefährliche Brüder, die Menschen fressen. Bei lebendigem Leib!
- Man sollte Nadja nicht zu früh am Morgen anrufen.
- Wenn man Nadja zu früh anruft, muss man damit rechnen, von drei Brüdern ermordet zu werden.
- Wenn man Nadja nicht anruft, ist man ein Feigling.
- Ich bin kein Feigling.
- Es ist Samstagmorgen, halb sechs.
- Ist halb sechs früh oder spät?
- Arne hat eine Spinne gehabt, die nachts an der Decke rumgelaufen ist.
- Jetzt muss ich aufhören und einen wichtigen Anruf erledigen.

Klingeling ... heb jetzt endlich ab ... klingeling ... gleich leg ich auf ... klingeli ...

Hier kommt die Fortsetzung der Geschichte eines Mannes, der einen auf den Deckel gekriegt hat.
Und jetzt kommt die wahre Geschichte!
Ich wollte mit Nadja sprechen und sie fragen, ob wir ein Paar sind oder nicht. Falls ja, sollten wir uns treffen und knutschen, falls nicht, hätten wir uns ja trotzdem treffen und knutschen können.
Es ist ziemlich dumm gelaufen.
Ich rief an. Vielleicht war es ja ein bisschen früh, aber das hängt nur davon ab, wo man auf der Welt wohnt.
Nadja war gleich dran.
»Wer zum Teufel ist da?«, schrie sie.
»Hallo, hier ist Bert«, sagte ich fröhlich.
»Vollidiot«, brüllte Nadja süß. »Weißt du, wie spät es ist???«
»Keine Ahnung«, sagte ich. »Ich bin ein Weltbürger und für unsereins spielt die Zeit keine Rolle. Es kann vier Uhr nachmittags sein oder neun Uhr am Morgen. Das macht mir nichts aus.« Ich lachte und kam mir sehr lustig vor.
»Mir aber«, schrie Nadja zwitschernd und knallte den Hörer lieblich auf die Gabel.
Ich wartete, bis die Uhren in Öreskoga neun Uhr fünfunddreißig schlugen. Alle Uhren, außer Arnes natürlich. Er hat auf indische Zeit umgestellt, weil er wissen will, wie es ist, in Indien zu wohnen, lügt er.

Ich wählte noch mal Nadjas Nummer. Dachte ich.
»Guten Morgen«, sagte ein Opa.
»'tschuldigung, ich hab mich verwählt«, sagte ich.
»Aha. Mit wem wolltest du denn sprechen?«, fragte die Stimme.
»Mit einem superhübschen Mädchen«, sagte ich und fand, das ging den Opa eigentlich nichts an.
»So was haben wir hier auch«, lachte der Opa. »Hier spricht Rolf.«
»Das ist mir scheißegal«, sagte ich und knallte den Hörer auf die Gabel.
Warum ruft mich Nadja nicht an? Warum muss ich immer die Initiative ergreifen?? Ich will auch mit Blumen und goldenen Ohrringen beschenkt werden. Warum ist die Welt zu uns Männern so grausam? Ständig müssen wir uns mit angespitzten Ellenbogen an der Konkurrenz vorbeikämpfen. Das macht mich so traurig, dass ich ein Gedicht schreiben muss.

> Die Ente. Saß rum und wackelte. Tagein, tagaus.
> Und dann: aus die Maus.
> Kann das denn alles gewesen sein?
> Das find ich gemein.

Es ist schwer, ein Gentleman zu sein. Ich wollte doch nur ein bisschen mit Nadja plaudern und sie fragen, ob wir zusammen sind. Wollte sie zu Louises Fest heute Abend mitnehmen. Jetzt muss ich wohl mutterseelenallein hin-

gehen. Seufz … Das Telefon klingelt. Ich muss rangehen. Es war Nadja. Ihre Stimme klang freundlich. Sie erzählte mir, dass sie von mir geträumt hat.
Ich fühlte mich geehrt.
»Ein Alptraum«, präzisierte Nadja.
Ich fühlte mich weniger geehrt.
Nadja sagte, sie hätte geträumt, dass ich sie mitten in der Nacht angerufen und geweckt hätte.
Ich lachte laut los. Ich würde doch niemals anrufen und Nadja aus dem Bett klingeln. Hahaha.
Nadja fragte mich, ob ich so aussehen würde wie immer.
»Ja, leider«, antwortete ich.
Ich fragte, ob Nadja vor kurzem neue Schuhe gekriegt hätte.
»Ja, vor einem Jahr«, erzählte Nadja. Ich zeigte mich furchtbar interessiert an Farbe, Größe und Höhe der Absätze dieser ziemlich neuen Schuhe.
Nach einer Weile wurde Nadja ernst. Leise und freundlich fragte sie:
»Warum hast du damals Schluss mit mir gemacht? Was war eigentlich der Grund?«
Ich versuchte durch den Hörer erstaunt auszusehen.
»Was denn? Ich? Du hast doch Schluss gemacht«, log ich.
»Tu nicht so«, sagte Nadja. »Du hast Schluss gemacht und bist dann wie ein geölter Blitz abgehauen. Wir haben nie darüber gesprochen. Hast du das etwa vergessen?«
Ich hatte nichts vergessen. Ich hatte ihr nicht sagen wollen,

dass ich mich in ein anderes Mädchen verliebt hatte, jedenfalls ein bisschen. Sie hieß Paulina. Ich musste noch eine Lüge nachlegen.

»Arne war's, dieser Schweinehund.«

Nadja wollte wissen, was Arne gemacht hatte.

Ich sagte, dass Arne mich gezwungen hatte mit Nadja Schluss zu machen. Ich wollte ja nicht, aber Arne hatte damit gedroht, unser Haus abzufackeln, wenn ich's nicht gemacht hätte. Das war eine prima Lüge.

»Aha«, sagte Nadja. »Arne ... das muss ich meinen Brüdern erzählen.«

Mich befiel plötzliche Leichenstarre. Nadja würde ihren brandgefährlichen Brüdern meine Arne-Lüge weitererzählen. Hilfe!! Sie werden Arnes bleichen Körper in einigen Zehntelsekunden auffressen.

Und ich bin schuld.

»Nee, erzähl deinen Brüdern nichts davon«, flehte ich.

»Ja, aber ich glaube, die interessiert das«, sagte Nadja.

Interessiert?? Die sind doch nur an Mord und Blutbad interessiert. Sie werden also meinen armen Arne umbringen. Das muss ich verhindern, koste es, was es wolle.

Ich fragte, ob Nadja Lust hätte heute Abend mit mir auf eine Party zu gehen. Sie hatte keine Lust. Sie war schon mit Freunden für eine Party verabredet.

»Was für eine denn?«, fragte ich leicht eingeschnappt und überlegte gleichzeitig, ob ich nicht durch einen dieser kosmischen Zufälle bei dieser anderen Party auftauchen könnte.

»Bei einem Mädchen. Lowisa heißt sie, glaube ich, oder so ähnlich.«

»Louise!!«, sagte ich fröhlich. »Zu der will ich ja auch. Dann sehen wir uns da.«

»Ja«, sagte Nadja mit sanfter Stimme. »Hoffentlich.«

Das hoffe ich auch. Das hoffe ich sogar sehr. Aber es gibt da ein Problem. Arne Nordin. Er schwebt in Lebensgefahr. Er hatte eigenlich nicht vorgehabt auf die Fete zu gehen. Er wollte heute Abend zu Hause bleiben und mit Celine Gebärdensprache üben. Blöderweise war aber Celine bei der Kusine ihrer Mutter zu einem Familienessen eingeladen. Arne war nicht eingeladen. Also wollte er auf einmal mit mir und Erik zu Louises Fete. Das passte mir nicht. Schließlich hätten Erik und ich schon eine Menge ausgemacht. Erik fragte mich, was wir denn eigentlich ausgemacht hätten.

»Na ja ... wer Mamas Freikarte für den Bus bekommt«, log ich.

Ich drehte Eriks Nase zweimal rum. Er wurde noch nicht mal sauer. Er sagte nur »aua«. Erik ist einer meiner besten Freunde.

Arne wird also mit zur Fete kommen. Und damit haben wir das Problem.

Nadjas Brüder könnten ihn umbringen. Es wäre besser gewesen, wenn er mit Celine Gebärdensprache geübt hätte. Dann hätten ihn die Brüder Nilsson niemals finden können. Jetzt muss ich dafür sorgen, dass man Arne auf der

Fete nicht erkennt. Er muss maskiert werden. Und am schwierigsten ist es, ihn zu maskieren, ohne ihm zu erklären, warum er maskiert sein muss.
In solchen Situationen braucht man Gott.
Nun muss ich aufhören zu schreiben und mir eine gute Lüge ausdenken, damit Arne sich freiwillig für die Fete heute Abend maskiert. Und dann kann mich nichts mehr daran hindern, die ganze Nacht mit Nadja zu knutschen, zu knutschen und zu knutschen.

Das Gedicht des Tages:

> Ein Lamm warst du, du wurdest erschlagen.
> Keine Hilfe nahte, du warst allein mit Hagen.
> Warum nur, warum?
> Arne, dein Leben ist bedroht.
> Fliehe schnell, zieh um,
> sonst bist du mausetot.

PS. Nächste Woche legen die HEMAN HUNTERS einige Übungsstunden ein, hab ich mir überlegt. Für die Winterferien ist uns ein Auftritt zugesagt worden. Dann werden wir so richtig abräumen.

PS 2. Mama sagt, dass Oma krank ist. Aber sie ist ja eigentlich immer krank.

Nachmittag

Hallo, Tagebuch!

Fete.

Gedicht des Tages: Fete.

PS. Fete.

Sonntag, 29. Januar

Jesus!

Louises Eltern hatten gestern Ausgang. Es ging total ab. Ich werde versuchen alles genauestens zu berichten.
Ich heiße Bert Ljung, bald sechzehn. Ich bin ein allein stehender Mann, der zur Zeit bei einem verheirateten Paar untergebracht ist. Das einzige Interesse des Paares scheint darin zu bestehen, beim jeweils anderen neue fiese Züge aufzudecken.
Beispielsweise nennt die Ehefrau Madeleine Ljung, geborene Olsson, ihren Ehemann Fredrik Ljung LANGWEILER. Beispielsweise nennt der Ehemann Fredrik Ljung seine Ehefrau Madeleine Ljung, geborene Olsson, einen ALPTRAUM OHNE ENDE. Schluss mit Fiesitäten.

Erst war's lustig auf der Fete. Wenn man auf eine Party geht, ist es wichtig, in Stimmung zu kommen. Manche trinken 32 Dosen Bier, vier Flaschen Schnaps, 16 Flaschen Wein und eine Flasche kalten Glühwein. Andere trinken Fanta, Onkel Dittmeyers Apfelsaft und Sprudel mit Brausepulver. Ich gehörte zu den anderen. Ich und Erik und Elis Persson. Der Rest war hackebreit. Björna brach sich auf

der Treppe das Rückgrat, Benny erstickte an seinen selbst gemixten Whisky-Sodas und Nicke trank aus der Kloschüssel. Nein. Ich habe nur Spaß gemacht.
Es gab gestern ein paar Suffköppe. Mit Rücksicht auf die Familien der Betroffenen gehe ich im Rahmen meines Berichtes über Louises elternfreie Fete nicht näher darauf ein. Nur so viel: Einige von ihnen dürften heute Leberschäden haben oder müssen mit langen Gefängnisstrafen rechnen.
Ich selbst war ein partylüsterner Jüngling, der mit einem seiner allerbesten Freunde, dem kleinen Mäuserich Erik, hineinstiefelte. Als Erstes trafen wir Johanna Larsson. Sie war gerade auf dem Weg nach Hause. Sie sagte, sie werde diese Klasse aus dem Gedächtnis streichen. Johannas Nörgelei machte mich quicklebendig. Sie ist die größte Ordnungsfetischistin in diesem Land. Sie gehört zu denen, die ihre Unterhöschen bügeln und jedes einzelne Haar zählen, das ihnen beim Kämmen ausgeht. Eine Fete, die Johanna widerwärtig findet, finde ich super. Die Fete war super. Ein Skandal folgte dem nächsten.

Die Skandalfolgeliste:

1. Louise strippte auf dem Wohnzimmertisch. Ihr Macker wurde sauer und drohte mit ihr Schluss zu machen. Louise machte mit ihm Schluss und strippte zu Ende. Leider behielt sie ihr Unterhöschen an.
2. Benny strippte auf dem Wohnzimmertisch. Leider be-

hielt er seine Unterhose nicht an. Acht Partygäste mussten eine Weile an die frische Luft, um sich von dem Schock zu erholen.
3. Jörgen Karlsson fackelte ein Gemälde von Louises Mutter ab. Es hieß »Röhrender Hirsch im Morgengrauen«. Wir benannten das Gemälde um in »Der Brand«.
4. Erik bekam einen eitrigen Pickel von Salzstangen.
5. Arne verpasste die gesamte Fete. Angesichts der Todesdrohung war das ein Glück. Wahrscheinlich durfte er doch mit Celine zu dem Familientreffen gehen. Sein Leben ist vorübergehend gerettet. Die Frankenstein-Maske, die ich mitgebracht hatte, kam nicht zum Einsatz.
6. Ich und Patricia Tevenius taten so, als wären wir ein Pärchen. Wir küssten uns in der Küche und lachten danach. Die ganze Zeit machten wir Späße. Dann drückten wir ein bisschen aneinander rum. Natürlich nur zum Spaß. Wir schüttelten uns danach vor Lachen. Ich musste pinkeln gehen um nicht zu vergessen, dass alles nur ein Scherz war. Haha.
7. Als ich vom Pinkeln zurückkam, knutschte Patricia mit Josef. Ich stellte mich daneben und lachte und sagte, dass Patricia wirklich gut drauf sei, weil sie mit allen Jungen ihre Scherze trieb. Patricia sagte, dass es diesmal kein Scherz sei. Sie bat mich abzuhauen und sie mit Josef allein zu lassen. Ich scherzte und lachte, während ich mich lächelnd von den Glücklichen zurückzog. Haha.
8. Sanna und Kevin aus der 9 D zeugten Kinder in der Sauna. Leider habe ich es nicht mit eigenen Augen gesehen.

Sonst hätte ich sie eingeschlossen und den Thermostat auf 200 Grad hochgedreht. Als sie rauskamen, taten sie so, als wär nichts gewesen. Pech für sie, dass die Sauna Fenster hat.

Dann kam es zur Katastrophe aller Katastrophen. Nadja traf ein. Ich jubelte und fühlte, dass ich und Nadja bald kuscheln würden. Höchste Zeit, dass wir wieder ein Paar würden. Ich bereitete Erik vor.
»Pass genau auf, wie Nadja mein wird«, sagte ich selbstsicher.
Ich pirschte mich an die mir Zugedachte heran. Die Katastrophe der Katastrophen begann. Durch die Tür trat Adelsman, Nadjas Ex. Er schlich sich von hinten an Nadja heran, umschlang sie und küsste sie in den Nacken. Sie drehte sich um und begann das Schwein zu küssen. Direkt vor meinen Augen! Ich stürzte hinab in die Hölle, wo der Teufel mich mit seinem Schürhaken in den Hintern stach. Was sollte das bedeuten? War es nicht endgültig aus zwischen Nadja und dem Affenkopf? Jetzt standen sie da, knutschten besinnungslos vor aller Augen, vor allem vor meinen Augen. Ich spürte, wie meine Knie nachgaben. Ich musste mich setzen. Ich setzte mich auf Erik. Er sagte, dass er das nicht ganz kapiert.
»Was ist denn?«, sprach ich im Alptraum.
»Also«, sagte Erik, »wie soll denn Nadja jetzt dein werden? Also, das musst du mir mal erklären ...«
Ich sah Erik an. Ich sah keinen Erik. Ich sah ein Fragezei-

chen. Ich hatte zwei Möglichkeiten. Entweder Erik wegen seiner Dummheit zu erdrosseln oder Nadja und Adelsman zu vernichten. Ich entschied mich für die dritte Möglichkeit. Ich tat so, als ob mich das alles nichts anging.
»Hallöchen, Nadja«, sagte ich. »Stör ich?«
Nadja und Adelsman hörten auf sich zu küssen. Nadja strahlte, als sie mich sah.
»Bert! Schön, dich zu sehen!«
Sie umarmte mich. Ich umarmte sie nicht. Meine Arme waren gelähmt. Nadja schaute mich an. Sie sah, dass ich mit dem Mund lächelte, nicht aber mit meinen Augen. Sie legte ihren Kopf schief und runzelte die Stirn. Dann küsste sie mich auf die Wange.
»Viel Spaß heute Abend«, flüsterte sie.
Dann verschwand sie mit Adelsman.

Es ist wunderbar, fünfzehn zu sein. Das Leben ist so einfach. Entweder ist man verliebt und glücklich und hat eine tolle Freundin. Oder man ist völlig einsam. Dann bleibt einem nichts anderes übrig als sich umzubringen. Das Leben ist so einfach.
Die Fete bei Louise endete wie alle Feten, die ich kenne. Ich terrorisierte Erik ein bisschen, so wie immer, lachte und tat so, als ob ich Spaß hätte. Dann suchte ich die Schnarchnasen, schloss mich ihnen an und zog mir einen Horrorfilm mit 23 Morden rein. Nach Hause ging ich allein. Unterwegs begegnete ich all diesen glücklichen Pärchen, die nach Hause gingen, um zu kuscheln und die ganze Nacht zu

pimpern. Mir selbst blieb nichts anderes übrig als nach Hause zu gehen, um mit meinen Kissen zu kuscheln und mit meiner Bettdecke zu pimpern. Es war deprimierend.

Heute Morgen hatten meine Alten eine wichtige Wäschediskussion. Mama verstand Papa nicht – ich zitiere wörtlich: »Warum kannst du – verdammt noch mal – helle nicht von dunkler Wäsche unterscheiden?« Papa verstand Mama nicht – ich zitiere wörtlich: »Warum muss ich dann verdammt noch mal überhaupt waschen?« Mama beschuldigte Papa ihr nie zuzuhören, wo sie doch schon so oft den Unterschied zwischen hellen und dunklen Kleidungsstücken erklärt habe. Papa antwortete, dass er sehr wohl zuhöre. Er könne jedes einzelne Wort wiederholen, das sie ihm in den letzten Stunden an den Kopf geworfen habe.
Ich ging raus. Ich wollte von Oma Geld schnorren. Sie war nicht zu Hause. Diesen Winter ist anscheinend niemand zu Hause. Weder Arne noch Oma noch Nadja.
Wer ist übrigens Nadja? Klingt nach einer russischen Opernsängerin, die 82 Kilo wiegt.
Wer schafft es heute, ein Gedicht zu schreiben?

PS. Ich hab gesehen, wie man Rentiere häutet. Die Eskimos ziehen ihnen die Haut vom Körper. Dann schneiden sie ihnen den Magen auf und essen die Eingeweide. Roh. Das Blut trinken sie aus Bechern. Ich werde mich nie wieder über Papas angebrannte Bratwürste beklagen. Er ist ein Vier-Sterne-Koch, wenn ich genauer darüber nachdenke.

29. Januar
(immer noch)

Hallo, Spencer!

Hier ist der sterbende Bert Ljung, von der Liebe für immer enttäuscht, Nadja und ich wurden kein Paar. Glaube ich. Alles ist sinnlos und ich schreibe diese Zeilen mit einem Todeszucken in den Fingern. Das Grab ist gegraben. Wenn ich schon sterbe, dann mit Gelächter.

1. Eine Frau zu einem Mann:
»In der Zeitung steht, dass ein Elch einen Lehrer aufgespießt hat.«
»Komisch. Wie konnte er wissen, dass es ein Lehrer war?«
ENDE. Lustig. Haha.

2. Ein Mann zu einem anderen Mann:
»Warum stehst du immer auf dem Hof, wenn deine Frau singt?«
»Damit niemand denkt, ich misshandle sie.«
ENDE. Lustig. Haha.

3. Als Jesus im Himmel spazieren ging, traf er einen alten Mann, der saß da und weinte.

»Warum weinst du?«, fragte Jesus. »Hier ist es doch ganz schön.«
»Ach«, sagte der Mann, »als ich noch lebte, war ich Tischler. Mein einziger Sohn starb, als er noch ganz jung war. Nun würde ich ihn gerne wieder sehen, aber ich kann ihn nicht finden.«
»Papa!«, rief Jesus voller Freude.
Da erhob sich der Alte und schluchzte: »Pinocchio!«
ENDE. Lustig für unchristliche Leute. Ein wenig lustig für christliche.
Überhaupt nicht lustig für einen sterbenden Bert.

Eins war gut an der Party. Arne überlebte. Obwohl er noch nicht mal da war. Aber heute ist es wahrscheinlich aus mit ihm. Er rief vor einer Weile an und erzählte, dass ein gewisser Reinhold Nilsson nach ihm gefragt hatte. Reinhold ist der jüngste von Nadjas lebensgefährlichen Brüdern. Er ist verrückt und isst dauernd. Am liebsten Wurst.
»Ruf ja nicht zurück«, sagte ich erschrocken. »Wenn er morgen noch mal anruft, sag einfach, dass du Botvid Holgersson bist.«
»Hä«, sagte Arne verwundert. »Wieso das denn?«
»Das … klingt schöner«, sagte ich.
Arne erzählte, dass er in den Winterferien mit Celine wahrscheinlich in die Berge fährt.
»Wir wollten doch zusammen wegfahren«, sagte ich verärgert.
»Ja, ich weiß, wir haben darüber geredet«, sagte Arne.

»Aber das war noch nicht fest verabredet. Und übrigens schmuse ich lieber mit Celine als mit dir.«
»Und wenn ich mir ein paar Frauenklamotten anziehe?«, sagte ich sauer.
Arne legte auf. Er ist ein Verräter. Gerade jetzt, wo ich sterbe und alles.
Ich habe ein neues Lied für die HEMAN HUNTERS geschrieben.
Analyse heißt es.

Analyse
Text und Musik: **Bert Ljung**

Wir wissen nichts von morgen.
Heute plagen uns die Sorgen.
Wir wissen nichts und das ist wahr.
Leben ist schwer. Das ist mir klar.

Braune Erde. Der Sturm zieht herein
und das Leben wird ganz klein.
Der Himmel. Er ist prall und rot.
Bald, mein Freund, bald bist du tot.

Refr.: Analyse. Wir sagen voraus, was dir gefällt.
Analyse. Dein Andenken tragen wir in die Welt.
Analyse. Erkenn meine Analyse, dann bist du erhellt.

Wir wissen alles ganz genau.
Wirst du kriegen Kind und Frau?
Wirst du sterben am Dreck in der Luft?
Wann wirst du landen in deiner Gruft?
Jetzt bekomme ich himmlische Zeichen.
Wir werden bald von dieser Erde weichen.

Refrain: Andante

Glaube mir, glaube mir.
Ich weiß alles von dir.
Glaube mir, glaube mir.
Du spielst keine Spiele mit mir. Nicht hier.

Zweimal Refrain, dann plötzlich Pause.
Nur das Keyboard spielt einsam einen halben Refrain, eine flüsternde Woge.

Boah. Es ist unheimlich, wie gut meine Texte sind. Schade, dass ich gerade jetzt an gebrochenem Herzen sterben muss. Sonst …

Heute Morgen hab ich Nicke angerufen und ihn gefragt, ob wir diese Woche proben wollen. Er hatte Lust. Er wollte auch, dass wir den Namen der Band ändern. HEMAN HUNTERS können wir jetzt, wo wir erwachsen sind, nicht mehr heißen. Das fand ich auch. Wir werden uns was Besseres ausdenken.

Jetzt zu Krankheiten. Oma ist kränker denn je, sagt Mama. Sie glauben, dass es Alzheimer sein könnte.

»Alzheimer?«, sagte ich zu Mama und wollte einen Witz machen. »Oma heißt doch Svea Olsson.«

Da wurde Mama richtig böse und sagte, dass man damit keine Witze macht. Die Krankheit ist schlimm. Ja wirklich, wenn Oma nun mal was passiert und sie stirbt, mit wem soll ich dann über Gott reden? Wer schenkt mir dann ein Liederbuch zu Weihnachten? Das ist doch Tradition. Oma darf nicht sterben.

Huch. Es klingelt.

Hilf mir jetzt beim Denken, Tagebuch. Die Lage ist ernst.

Es war Arne. Er erzählte, dass Reinhold Nilsson noch mal angerufen und ihn eingeladen hat. Ich erschrak. Sie wollten mit Arne reden. Aber ich weiß, dass sie alles andere machen werden als zu reden. Sie werden essen. Arnes Füße und Kopf. Erst die Füße, damit er nicht mehr zur Polizei läuft. Dann den Kopf, damit er nicht mehr um Hilfe schreien kann.

HILFE! Das ist meine Schuld. Nur weil ich Nadja angelogen und gesagt habe, dass Arne mich gezwungen hat Schluss mit ihr zu machen. Was soll ich tun?

30. Januar

Hallo Tagebuch!

Ich lebe. Das ist keine Lüge. Es ist wahr. Ich bin es, Bert Ljung, der dies schreibt.
Jetzt werde ich erzählen, was mit Arne passierte, als er von drei lebensgefährlichen Brüdern zum Abendessen verspeist werden sollte. Zuerst habe ich Arne angerufen und gesagt, dass Celine bei mir angerufen hat. Sie wollte ihn an der Eishockeyhalle treffen. Arne lachte verächtlich und sagte, dass Celine nur Gebärdensprache kann. Ich sagte, es war ein Bildtelefon. Arne sagte, ich sei bescheuert. Da sagte ich, dass sein Vater vor dem Fernsehladen wartet. Er würde Arne einen neuen Fernseher kaufen, wenn er in zehn Minuten dorthin kommt. Arne glaubte mir und freute sich. Ich fuhr mit Tempo hundert zu Nadja. Ich hatte mein Gesicht mit Mullbinden umwickelt. Ich wollte so tun, als wäre ich Arne. Und wenn sie anfangen mich aufzuessen, wollte ich mich entschleiern und alles erklären.
Bei Nadja war es ruhig und friedlich. Ich wusste, das war die Ruhe vor dem Sturm. Das Haus sah noch genauso aus wie damals, als Nadja und ich zusammen waren. Mein Zeigefinger vibrierte mit dreihundertsiebenundsechzig

Stundenkilometern hin und her, als er auf die Türklingel drückte. Die ersten sechs Zehntelsekunden passierte nichts und ich wollte schon fliehen, da wurde die Tür von einem fremden Mann geöffnet. Er war schick angezogen und nagte an einer Mohrrübe.
»Entschuldigung«, sagte ich. »Ich hab mich in der Tür geirrt.«
»Zu wem willst du denn?«, fragte der Mann.
»Zu drei lebensgefährlichen Massenmördern«, sagte ich und begann rückwärts die Treppe hinunterzugehen.
Da fing der fremde Mann an zu lachen. Er lachte und rief:
»Ragnar, Reinhold!! Kommt her. Hier will uns eine Mumie sprechen.«
Der Fremde streckte mir die Hand hin und sagte, dass er Rolf heißt. Rolf lachte so, dass ihm die Mohrrübe fast quer im Hals stecken blieb.
Plötzlich tauchten noch zwei Fremde auf. Es waren Ragnar und Reinhold und auf einmal wurde mir alles klar. Die drei Fremden waren Nadjas schreckliche Brüder! Sie hatten sich so sehr verändert, dass ich sie kaum wieder erkannt hätte.
Rolf war mal der Gefährlichste. Damals nannte man ihn Roffe. Jetzt reist er durch die Gegend und verkauft Computer. Mein Kinn fiel auf den Boden, als wäre es aus Zement. Ragnar stellte sich vor. Und ich kapierte, dass das der Typ war, der früher Ragge hieß und der nicht ganz so durchgeknallt war wie die anderen. Er erzählte, dass er

jetzt Personalchef bei der Post ist. Mein Kinn bohrte sich weitere sieben Meter tief in die Erde.
Reinhold studiert Medizin und will Arzt werden. Mein Kinn durchbrach auf der anderen Seite der Welt die Erdkruste. Reinhold als Arzt! Er, der Dämlichste von den dreien. Plötzlich sind sie ganz normale Menschen. Ich war in meinem ganzen Leben noch nie so baff.
»Da wir uns jetzt vorgestellt haben, kannst du deinen Verband abnehmen«, sagte Rolf und zeigte auf meinen Schädel, der immer noch eingewickelt war. Ich hatte ganz vergessen, was ich wollte. Ich wollte Arne vor den gefährlichen Brüdern retten, aber das war jetzt wohl nicht mehr nötig. Sie waren ungefährlich.
Ich wickelte meinen Verband ab und gab mich zu erkennen. Die Brüder lachten so, dass sie einen Schluckauf bekamen. Rolf wurde plötzlich ernst und guckte mich scharf an.
»Wir haben dich belogen. Wir haben uns überhaupt nicht verändert und murksen dich jetzt ab!«
Der Boden schwankte unter meinen 39ern. Jetzt verspeisen mich die Rocker doch zum Abendessen. Da lachten die drei und sagten, dass Rolf nur Spaß gemacht hätte. Ich lachte nervös und überlegte, ob das auch ein Scherz war. Vielleicht würden sie so lange ihre Späßchen treiben, bis ich als Nervenwrack in der Klapse lande.
Reinhold erzählte, dass sie meinen Freund Arne suchten. Mit einem Kloß im Hals fragte ich, was sie von ihm wollten.

Ragnar erzählte, dass sie Mitglieder im Vorstand der gemeinnützigen Vereinigung »Junge Begabungen« seien und von Arnes Experimenten mit elektrischer Energie und Telefonleitungen gehört hatten. Sie sagten, dass sie Stipendien für Öreskogas junge Begabungen zu vergeben hätten. Vielleicht könnten sie Arne eins verschaffen.
Ich sah gleich eine Chance, schnell an Geld zu kommen, und sagte, dass ich viel begabter wäre als Arne. Ich kann besser: mit Mädchen rumknutschen, Muster in den Schnee pinkeln, Bass spielen, mit Fistelstimme singen, Lehrer Lundholms Musikunterricht nachäffen und so weiter und so weiter.
Die Brüder Nilsson lachten freundlich und sagten, dass sie nicht direkt auf der Suche nach solchen Begabungen seien.
Ich bekam kein Stipendium. Das spielt aber keine Rolle. Hauptsache, Arne darf weiterleben und die Brüder Nilsson sind ungefährlich. Eigentlich pfeif ich drauf. Nadja steht sowieso nicht auf mich. Sie will zurück zu diesem Kotzbrocken Adelsman und Kinder mit ihm kriegen. Bääh!
Ich bin wieder frei. Keine Frauen. Keine Fesseln. Alles ruhig. Friede auf Erden.

Gedicht des Tages:

Den Tod will keiner
Jetzt sei nicht weiner... lich
Arne bekam ein Stipendium
Doch er ist so tierisch dumm
Die Welt ist ganz schön dunkel
Schamunkel, schamunkel, schamunkel

Song des Tages:

When the ice catch a cold
I got cold in the summertime
I got cold when the world was hot
Everything you said was a lie
You are so cold. I wish you could die

Refr.: My, my, my, I said goodbye
I wish you could die
(Hier hört die Musik plötzlich auf und nur
eine traurige Stimme bleibt übrig)
When the ice catch a cold

Don't come around and say you are sorry
Because you don't know how it feels
You came storming in. Into my heart
You throw it away so blame yourself

Zweimal Refr.

Dann kommt ein Part, wo alle tierisch schnell spielen, sodass es wie Panik klingt. Ich werde in einem Schreigesang die Angst besingen. Danach ein Gitarrensolo und dann zwei Refrains und dann ist der Song zu Ende, aber alle wollen ihn noch einmal hören. Die können ja die Platte kaufen. Das wird ein Hit!!!

PS. Ich überlege, ob wir die HEMAN HUNTERS jetzt in HYSTERISCHE PANIK oder FRIEDLICHE PANIK umtaufen sollen. Oder vielleicht SEXY PANIK. Panik beschreibt nämlich ganz gut, wie wir auf unseren Proben klingen.

11. Februar

Adlige, Priester, Bürger, Bauern!

Es ist mir eine Ehre, Ihnen unseren erlesenen Gourmetkoch Bert Bodini vorzustellen. Den himmlischen Vater aller kulinarischen Gerichte. Gestern war Herrenabend bei uns angesagt. Wir waren ein richtiger Club. Ich ließ den Kochlöffel rotieren. Die Mitesser trafen ein, also Arne und Erik. Arne hatte eine Kotztüte dabei. Ich bat ihn nach Hause zu gehen. Er weigerte sich. Ich sagte, dass wir Gourmetköche keinerlei Beleidigungen dulden. Arne überlegte es sich und sagte, dass die Kotztüte eine Einkaufstasche sei. Ihm wurde Einlass gewährt.

Bei Herrenabenden lehnen wir Kerzenlicht strikt ab. Es bereitet kein besonderes Vergnügen, mit Arne und Erik zu fummeln. Im Übrigen bin ich damit für alle Zeiten durch. Ich hatte ein paar Taschenlampen aufgehängt, die für Spotlight sorgen sollten. Ausgesuchte Teile der Küche waren beleuchtet, um das kulinarische Ereignis zu unterstreichen. Eine Taschenlampe beleuchtete den Gewürzständer, um meinen Kameraden einen Tipp zu geben, was geboten würde. Eine andere Lampe war direkt auf den Kaltwasserhahn gerichtet und eine dritte Taschenlampe auf einen Eiskübel auf der Spüle.

»Was empfehlen Herr Bodini heute Abend?«, fragte Arne.
»Mögen sich eure Geschmacksnerven noch ein bisschen gedulden«, antwortete Gourmetkoch Bert Bodini geheimnisvoll.
Bert Bodini hat mit seinen typisch schwedischen Spezialitäten unzählige internationale Erfolge gefeiert. Heringspizza ist ein Höhepunkt. Hier folgt das Rezept:

- Den Pizzateig zu einer Pizza formen.
- Verschiedene Sorten Hering darauf verteilen und mit einigen Klecksen saurer Sahne garnieren.
- Eine Lage geriebene Frühkartoffeln über die ganze Pizza verteilen.
- Tomaten und Käse nicht vergessen.
- Mit typisch schwedischen Gewürzen wie getrocknetem Schnittlauch, Petersilie und Knoblauch.
- Backen.
- Die berühmte Heringspizza ist fertig.
- Essen und überleben!

Eine weitere absolute Wikinger-Spezialität aus Bert Bodinis Küche ist Knäckebrot chinesisch. Schnell, billig, einfach und typisch schwedisch.
Aber an diesem Abend wollte der internationale Stargourmet seine männlichen Gäste mit Pfannkuchen spezial à la Klosterstiege überraschen.
»Was!«, grölte Arne. »Astrein! Zehn Stück davon.«

Ich lehnte ab. Ich sagte, wenn er ein derart ungehobeltes Benehmen an den Tag legte, sollte er sich in einen Graben legen und Schnee fressen. Arne sagte, dass er das bereits getan habe, bevor er gekommen war. Erik fragte, ob Speisezwang bestehe.

»Wie meinen?«, fragte ich.

»Ja, für den Fall, dass es so kacke schmeckt wie immer, wenn du kochst.«

Ich antwortete dem kleinen Giftzwerg nicht. Ich wusste, dass er mich mit Arne oder einem anderen Mann ohne Kocherfahrung verwechselte.

Ich hatte alles vorbereitet. Sogar der Tisch war gedeckt. Erik wurde bockig, weil er einen Teller mit Mickymaus drauf bekommen hatte.

»Jetzt hab ich aber die Schnauze voll von dir!«, zischte er.

Ich sah Erik an und wusste, dass er scherzte. Er ist ein wirklich überzeugender Scherzkeks. Er sah echt wütend aus. Erik schmiss mir seinen Teller an den Kopf. Dann sagte er, dass ich mir den Pfannkuchen in den Arsch stecken könnte.

Das tat ich nicht. Aber Erik tat was. Er ging nach Hause. Ich verstand nichts mehr. Ich verstehe immer noch nicht, warum er sauer war. Er ist eben der kleine Erik. Er ist erbärmlich klein, der würde jeden Babyface-Wettbewerb gewinnen, wenn er antreten würde. Deswegen muss man doch nicht sauer werden. Ein Micky-Teller für Miss Piggy. Ich muss ihn nachher mal anrufen. Ich überlege, ob ich ihn lieber tröste oder noch ein bisschen mehr ärgere.

In Bert Bodinis erlesenem Restaurant war jetzt nur noch ein Gast. Arne Brüllhunger. Arne Brüllhunger vermisste Klein-Micky keine fünf Sekunden. Jetzt würde er ja die doppelte Portion leckere Pfannkuchen bekommen.

Arne hatte sich schon hingesetzt, als ich die Katastrophe bemerkte. Es gab kein Eingemachtes im Haus! Weder Erdbeer-, Himbeer-, Stachelbeer-, Blaubeer-, Rosinen- noch Bananenkompott. Rein gar nichts.

»Oberkellner!«, grunzte Arne hungrig. »Vier Pfannkuchen, aber plötzlich.«

»Verzeihen Sie, edler Gast«, sagte ich. »Leider ist Kompott komplett aus.«

»Kommando zurück!«, grölte Arne, der mich nicht gehört hatte. »Ich nehme sieben auf einen Streich. Mit viel Sahne und einer Wahnsinnsportion Kompott.«

Ich sagte noch einmal, dass Kompott alle war.

Arne schaute mich mit leerem Blick an und schwieg ein paar Sekunden. Dann schluckte er zweimal. Mit zitternder Stimme sagte er:

»Ih, was bist du fies.«

Arne fand, ich solle einen Kurs machen, wie man mit Essen umgeht, damit es reicht. Ich schob es auf Papa, der immer Kompott in seinen Kaffee tut.

»Wir scheißen aufs Kompott«, sagte Arne und wollte eigentlich essen.

»Nix da!«, sagte Bert Bodini entrüstet. »Keine Pfannkuchen ohne Kompott.«

Wir gingen in den Vorratskeller und fanden ein Glas Blaubeerkompott. Wir jubelten zwölf Sekunden. Wir sahen, dass auf dem schönen blauen Kompott grüner Schimmel schwamm, der nur darauf wartete, unser Immunsystem anzugreifen. Wir schmissen das Glas weg. »Wenn ich nicht gleich Kompott kriege, passiert ein Unglück«, faselte ich und dachte an all die knusprigen Pfannkuchen, die oben in der Küche kalt wurden. Arne und ich testeten die Kraft unserer Energieströme. Ich hab mal gelesen, dass man mit genügend innerer Energie tatsächlich Dinge aus dem Nichts holen kann. Ein Genie aus Minnesota hat 1987 offenbar 24 verschiedene Sorten Pizza für einen Studentenball geholt. Danach musste er zum Nachtisch einen Arzt, zwei Krankenschwestern und eine Maschine zum Magenauspumpen erscheinen lassen.
»Wenn wir uns nur auf Blaubeeeren konzentrieren, könnte das hinhauen«, sagte ich.
Arne hielt das für vernünftig. Wir stellten uns im Keller hin und schrien zum Kellerfenster hinauf:
»Blaubeer'n, Blaubeer'n, Blaubeer'n!«
Nichts passierte. Ich verzweifelte. Arne rettete die Situation. Er sah durch einen Spalt, dass unser Nachbar Collin Gläser mit Kompott in seinen Regalen stehen hatte. Wir verwandelten uns in Langfinger und Kleinkriminelle und knackten Collins Vorhängeschloss. Da gab's tatsächlich Blaubeerkompott. Arne entwickelte die Theorie, dass Collin Arsen in seine Gläser gestreut habe, um Einbrecher fern zu halten. Weil unser Dauerversuchskaninchen Erik das

Weite gesucht hatte, losten Arne und ich aus, wer das mögliche Arsenopfer werden sollte. Es traf mich.
»Ach, lass mal«, sagte Arne. »Das Leben ist sowieso beschissen.« Arne nahm eine Hand voll Blaubeerkompott und kostete.
Ich wartete und überlegte, wo ich die Leiche verstecken sollte. Arne wartete darauf zusammenzuklappen. Zweimal fasste er sich ans Herz und stöhnte übertrieben. Er starb nicht. Es war kein Arsen im Blaubeerkompott. Arne nahm noch eine Hand voll. Ich auch. Es schmeckte klasse. Jeder langte sechsmal zu. Danach war das Glas fast leer. Arne und ich sahen aus wie zwei ausgelaufene Füller. Wir schlossen die Tür zu Collins Vorratskeller. Wir machten das Vorhängeschloss wieder fest. Wir waren pappsatt von den Blaubeeren.
In diesem Augenblick kam der große Blaubeerdämon von über Tage. Collin, rechtmäßiger Eigentümer des guten Kompotts. Er wurde aus zwei Gründen stocksauer.
Grund 1: Wir hatten sein Kompott geklaut.
Grund 2: Wir hatten ihn Blaubeere genannt, als er draußen gerade sein Fahrrad abstellte. (Der Kerl war also exakt aufgetaucht, als ich und Arne Blaubeeren durch Energieströme herbeibeschworen hatten.)
Wir wiesen alle Anklagepunkte zurück. Wir sagten, dass er sich schleichen solle und die Märchen seinem Frisör erzählen könne.
»Es reicht«, sagte Collin sauer. »Ihr habt doch das ganze Maul mit Blaubeeren verschmiert. Lügt mich nicht an!«

»Von wegen Blaubeeren!«, rief Arne. »Das ist Tinte. Der Füller ist ausgelaufen.«
Collin befand, dass Arnes Gehirn dringend geröntgt werden müsse. Er griff sich Arne und trommelte zwölfmal mit der Faust auf seinen Schädel, sodass Arne, wie unser Hausarzt Erik sagen würde, »tiefe und schwere Hirnhautentzündungs-Attacken« bekam.
Nachdem Collin uns eine ordentliche Abreibung verpasst hatte, zockte er eines von Mamas Rote-Bete-Gläsern als Ersatz ab.

Oben in der Wohnung wartete die nächste Katastrophe. Jemand hatte von jedem Pfannkuchen mächtig abgebissen. Irgendwer hatte sich des Mundraubes an der kulinarischen Schlemmerei Pfannkuchen spezial à la Klosterstiege schuldig gemacht.

Im Badezimmer wartete noch eine weitere Katastrophe. Papa. Er lag angezogen in der Badewanne und soff aus dem großen Wasserhahn. Mir schwante etwas. Er hatte unsere Pfannkuchen geklaut.
»Wer hat Pfeffer in die Pfannkuchen geschüttet?«, fragte Papa, während er sich selbst ertränkte.
»Wieso geschüttet? Das war doch nur eine halbe Dose Cayennepfeffer für Pfannkuchen spezial à la Klosterstiege. Das ist doch der Clou daran.«
Papa antwortete nicht. Er musste wieder Wasser in sich hineinkippen. Arne klopfte ihm mitfühlend auf die Schul-

ter und dankte ihm für seine Opferbereitschaft. Schließlich blieb es Arne nun erspart, voll bekleidet in der Badewanne zu liegen und sich fast zu ertränken.
Dann zog es Arne nach Hause. Er machte einen auf nervös. Er werde seinen Psychiater anrufen und darum bitten, sich aufs Sofa legen zu dürfen, um von seiner Kindheit zu erzählen. Das war gelogen. Ich wusste, was er vorhatte. Er wollte mit seiner Freundin Celine fummeln. Ich finde es unkameradschaftlich, sich so zu verhalten, wo er doch weiß, wie einsam ich bin. Arne ist der schlechteste Freund der Welt.

Gedicht des Tages:

Eine Untat im Wohlfahrtsstaat,
ohne Kompott schmeckt der Pfannkuchen fad,
sie wurden zu Dieben und hingen an der Nadel,
ihre Psyche war voller Fehl und voller Tadel,
sie trugen ihre Schwäche zur Schau,
kein Kompott, kein Pfannkuchen, keine Frau.

PS. Ich hatte einmal eine Oma. Nun habe ich viele, viele Tage nichts von ihr gehört und gesehen. Gibt es ein Dauer-Abo auf so viel Glück?

13. Februar

Tschüs, Tagebuch

Ist alles schon komisch. Als ich vor fast zwei Monaten mit dir angefangen habe, dachte ich, dass du bis zum Sommer reichen würdest. Aber daraus ist nichts geworden. Gleich bist du voll geschrieben. Offensichtlich ist in meinem Leben doch eine ganze Menge los gewesen die letzten beiden Monate, sonst wärst du ja noch nicht voll. Aber das Merkwürdige kommt noch. Ich habe dieses Tagebuch schnell noch einmal durchgelesen und dabei festgestellt, dass alles so normal ist wie immer. Deshalb habe ich eine Normalitätenliste angelegt um zu beweisen, wie stinknormal alles in meinem Leben ist.

1. Ich heiße immer noch Ljung, Bert Ljung.
2. Ich bin immer noch 15 Jahre. Eine Woche noch. Dann werde ich 16. Dann bin ich erwachsen.
3. Ich bin immer noch Einzelkind. Mama und Papa haben keine Zeit noch ein Kind in die Welt zu setzen. Sie sind komplett ausgebucht mit Streiten und Prügeln. Deshalb brach ich gestern Abend in der Küche in Verzweiflung aus.

Ich zerlegte neun Kaffeetassen, vier Milchgläser und Omas alte Kuchenplatte. Mein Alter stoppte mich mit brutalem Armeinsatz. Er hielt mich so lange im Schwitzkasten fest, bis ich mich beruhigt hatte.
Da erklärte ich, dass meine Aktion die Rache für den Dauerzoff meiner beiden Alten war. Mama beschloss, dass sie mit Papa sofort zur Eheberatung gehen wird. Das haben sie nötig. Aber noch nötiger haben sie ein neues Kaffeeservice. Wenn sie nicht in Zukunft Kaffee aus Eierbechern trinken wollen.
4. Arne fummelt sich wohl zu Tode mit seiner geliebten, wunderschönen, tauben Celine. Er geht nicht mal mehr ans Telefon. Björna rief an und sagte, er habe gehört, dass Schluss sei zwischen Arne und Celine. Das glaube ich nicht. Dann würde er doch wohl nicht mehr in der Horizontalen mit ihr fummeln und ans Telefon gehen. Oder?
5. Erik ist immer noch sauer, weil er ständig terrorisiert wird. Ich habe ihn vor einer Weile angerufen, aber er wollte nicht mit mir sprechen. Er sagte, dass ich ein altes Schwein wäre. Ich habe den kleinen Feigling ausgelacht. Armer Erik. Er ist sogar komisch, wenn er versucht böse zu sein. Aber irgendetwas stimmte nicht mit ihm. Seine Stimme bebte und er hörte sich fuchsteufelswild an. Es scheint ernst zu sein! Ich muss hinfahren und ein bisschen auf ihn einschlagen, damit er wieder zu sich kommt. Es kann doch wohl nicht sein, dass Erik wirklich traurig ist ...?
6. Oma ist verwirrt. Sie ruft an und sagt: »Ich komme

gleich.« Aber dann kommt sie nie. Mama ist stinksauer und ruft sie an, um mit ihr zu schimpfen. Aber dann kann Oma sich an nichts erinnern. Mama hat Angst, dass Oma die Alzheimer-Krankheit hat.

7. Nächste Woche habe ich Geburtstag, die Winterferien fangen an und HEMAN HUNTERS haben einen Auftritt. Arnes Familie und meine fahren für drei Tage in die Berge.

8. Und jetzt das Wichtigste: Nadja Nilsson ist süß und lieb und hat »Appetit«. Ungelogen, Tagebuch. Nadja Nilsson ist nicht mehr mit Adelsman zusammen. Ich hatte geglaubt, dass ich mit Nadja zusammen war, obwohl ich es nicht war, als ich bei Louise auf der Party war, weil Nadja mit ihrem alten Freund Adelsman rummachte. Da musste man ja davon ausgehen, dass der Zug endgültig abgefahren ist, was Nadja angeht. Aber das ist er nicht. Sie rief gestern Abend an und wir sprachen uns zwei Stunden über alles aus. Sie sagte, dass sie mich sexy findet. Ich bekam einen hoch ... roten Kopf. Sie sagte, dass sie ein wenig »Appetit« auf mich habe. Ich bekam einen noch hochroteren Kopf. Sie fragte, ob wir uns mal einen Abend treffen wollten um zu kuscheln. Mein Wilder Bill stieg auf ins Universum und trötete eine Glücksfanfare.

Liebes Tagebuch, Nadja Nilsson will Sex mit mir machen. Ich bin geneigt dankend einzuwilligen.

Morgen werde ich ein neues Tagebuch anfangen und darin alles enthüllen. Alles über das Sex-Debüt mit Nadja, alles über Arnes taubes Gefummel, alles über Eriks Schmollerei,